Requiem mit zwei Leichen

Christiane Fuckert / Christoph Kloft

Requiem mit zwei Leichen

Limburg:
Erster Fall für die Pfarrhaus-Ermittler

Bibliografische Information der Deutschen Nationalbibliothek
Die Deutsche Nationalbibliothek verzeichnet diese Publikation in der Deutschen Nationalbibliografie; detaillierte bibliografische Daten sind im Internet über http://dnb.d-nb.de abrufbar.

Alle Handlungen in diesem Buch sind frei erfunden.
Ähnlichkeiten der Figuren mit lebenden Personen wären rein zufällig.

© 2016 Christiane Fuckert und Christoph Kloft

Alle Nutzungsrechte dieser Ausgabe bei
Gardez! Verlag Michael Itschert
Richthofenstraße 14
42899 Remscheid
www.gardez.de

Lektorat und Korrektorat
Michael Itschert und Roland Reischl

Satz
Helmut Rohde, Euskirchen

Covergestaltung
Jeanette Frieberg, Buchgestaltung | Mediendesign, Leipzig

Titelbild
© Christoph Kloft

Druck
CPI, Leck. Printed in Germany.

Originalausgabe, 2. Auflage 2017

Das Werk einschließlich aller seiner Teile ist urheberrechtlich geschützt. Jede Verwertung außerhalb der engen Grenzen des Urheberrechtsgesetzes ist ohne Zustimmung des Verlages unzulässig und strafbar. Dies gilt insbesondere für Vervielfältigungen, Übersetzungen, Mikroverfilmungen und die Einspeicherung und Verarbeitung in elektronischen Systemen.

ISBN 978-3-89796-268-2

1.

Die Luft in der Cafeteria des Seniorenheimes war geschwängert von einem Gemisch aus Kaffee und Kölnisch Wasser. Durch die großen Fensterscheiben schoben sich ein paar erste, noch recht müde Sonnenstrahlen und verteilten sich auf den Tischen wie draußen auf den regennassen Dächern der Limburger Altstadt. Inmitten der schimmernden Kulisse bewegte sich der große Hahn auf der Domspitze einmal in die eine, dann wieder in die andere Richtung, bis er schließlich seine neue Position im Wind gefunden hatte und stolz aufgerichtet in fast siebzig Metern Höhe die ganze Stadt überblickte.

Die rauen Temperaturen um den Wetterhahn herum hatten jedoch nichts gemeinsam mit den voll aufgedrehten Heizkörpern im Innern des Seniorenheimes.

Eine kleine Person in einem Rollstuhl saß am Fenster und scherte sich nicht um das Treiben im Raum. „Ich kann die Lahn sehen! Schwester! Da unten, die Lahn, so kommen Sie doch mal her!"

Eine Pflegerin nahte und bestätigte überrascht, dass Frau Hummel wahrhaftig die Lahn entdeckt hatte, woraufhin die zierliche Seniorin sich stolz wie der Wetterhahn in ihrem Rollstuhl aufrecht setzte. Sie genoss ihren Ausblick und legte keinen Wert auf die Kaffeerunde am großen Tisch.

Dort ging es momentan recht turbulent zu. Eine kleine, etwas rundliche Frau schlug die Hände über dem Kopf zusammen. „Um Himmels willen! Nun passen Sie doch auf!"

So schnell, wie man es Klara in ihrem Alter gar nicht zugetraut hätte, war sie aufgesprungen, hatte ein gewaltiges Taschentuch aus dem Ärmel ihrer Bluse gezerrt und tupfte am Revers des Pfarrers herum.

Der machte keine Anstalten, sich zu wehren und hielt noch immer die Kaffeetasse in der Hand, deren Inhalt sich soeben über seinen Anzug ergossen hatte.

„Nun stellen Sie doch das Ding mal weg!", fuhr Klara ihn an, und ihre Stimme hallte schrill durch die gesamte Cafeteria.

„Ich kann ja nicht. Sie stehen mir im Weg!"

„Ach was, her damit!" Mit einem beherzten Griff nahm Klara ihm die Tasse weg und stellte sie auf den Tisch. Erst jetzt schien sie die verdutzten Blicke der anderen aus der Runde zu bemerken, was sie aber nicht weiter störte.

„Keinen Moment kann man den Mann aus den Augen lassen, ohne dass er irgendwas anrichtet", zeterte sie und setzte ihre Säuberungsaktion fort. „Sie sind mir einer, was soll aus Ihnen nur werden, wenn ich in Rente gehe?"

Pfarrer van Kerkhof wollte schon aufbegehren, besann sich aber eines Besseren, als er das Schmunzeln der anderen Kaffeegäste sah. „Ja, ich kann schon froh sein, dass ich eine solche Perle habe. Ist immer nett und freundlich zu mir, und vor allem so furchtbar taktvoll."

„Seien Sie bloß still, Herr Pfarrer!", schimpfte Klara. „Wenn sich einer schon ‚vom Kirchhof' nennt ..."

Das Schmunzeln manch einer der Damen weitete sich zu einem breiten Grinsen aus. Nur Pfarrer Tiedgen, der evangelische Kollege, versuchte, ernst zu bleiben, auch wenn ihm das sichtlich schwerfiel. Ungeachtet dessen zeterte Klara weiter.

„Wie kann man da noch taktvoll sein? Kein Tag, an denen Ihnen nicht so etwas passiert! Den guten Anzug kann ich jetzt in die Reinigung bringen. Was das nur wieder kostet!" Mittlerweile hatte sie ihre Brille aufgesetzt und kniete neben dem Stuhl des Pfarrers, um den Schaden noch genauer ins Visier zu nehmen. „Das Bistum Limburg geht an Ihrer Tollpatschigkeit noch bankrott!"

Pfarrer Tiedgen zwinkerte dem gescholtenen Kollegen zu. „Nun, ich gehe doch davon aus, dass du privat für die Kosten aufkommst und dir das eine Lehre sein wird, lieber Willem."

„Ich gelobe Besserung", lachte van Kerkhof und rückte sich die Jacke zurecht, nachdem seine Peinigerin sich endlich wieder erhoben hatte. Doch Klaras flinke Äuglein huschten unermüdlich weiter über ihr Opfer, sodass ihre Hand schon im nächsten Moment über die schwarzen Schulterposter wischte und sie angewidert hüstelte. „Und das Schuppenwasser haben Sie auch wieder nicht benutzt!"

„Wir haben den Hefekuchen auch immer mit Puderzucker bestäubt", meldete eine zittrige weibliche Stimme vom anderen Tischende her. „Der fehlt hier aber. Geht doch mal rüber in meine Speisekammer, da bewahre ich den in der Dose oben rechts auf."

Zwei der Tischdamen kicherten sich in die Hand, doch eine unbeschwerte Betreuerin im gelben Kittel, die gerade Kaffee nachschenkte, mischte sich ein: „Das ist eine gute Idee, Frau Zopf. Ich gehe gleich mal welchen holen. Wenn unser Geburtstagskind Puderzucker haben will, bekommt es ihn auch."

Irma Zopf strahlte von einem Ohr zum anderen, und ihr Blick ruhte stolz auf der Blumengirlande, die ihr Gedeck einrahmte. „Tja, die Hauptperson darf immer bestimmen. Und jetzt müsst ihr was für mich singen." Gebieterisch hob sie das Kinn und ließ ihren fordernden Blick über die Runde gleiten.

„Was würde Ihnen denn gefallen, Frau Zopf?", mischte sich Pfarrer Tiedgen rasch ein, denn es war ihm äußerst wichtig, dass die Atmosphäre nicht entglitt, weil er jede einzelne der anderen Heimbewohnerinnen einschätzen konnte und ahnte, was sich hier entwickeln würde, wenn niemand das Zepter in die Hand nahm.

„In einem kühlen Grunde", kam prompt die Antwort der Jubilarin.

„Kenn ich nicht", sagte die kleine Frau, die ihr gegenüber saß. „Und was ich nicht kenne, kann ich nicht singen."

„Aber ich. Du kannst ja still sein", vermeldete ihre Nachbarin, die auch sofort eine Melodie anstimmte.

„Falsch! Ganz falsch!", stoppte Irma Zopf den Gesang und wedelte mit der Hand die vermeintlich falschen Töne aus der Luft.

„Dann sing dir doch dein Geburtstagslied selbst", knurrte die Sängerin beleidigt, verschränkte die Arme vor der Brust und kniff die Lippen fest zusammen.

Die Pfarrkollegen blickten betreten auf das Tischtuch, bis Klara befahl: „Jetzt starren Sie keine Löcher in den Stoff, fangen Sie an! Wenn es hier jemand gewohnt ist, in der Öffentlichkeit Töne von sich zu geben, dann ja wohl Sie beide." Und ihre kleinen Augen bohrten sich abwechselnd in die von Pfarrer Tiedgen und Pfarrer van Kerkhof. Dazu nickte sie den beiden mehrfach auffordernd zu, sodass Pfarrer Tiedgen wie hypnotisiert zu singen begann. Klara stieß ihren eigenen Pfarrer mit dem Ellbogen in die Seite, und auch er reihte sich brummend in den Gesang ein.

„In einem kühlen Grunde, da geht ein Mühlenrad ..."

Die Jubilarin am Ende des Tisches nickte zufrieden. Wenngleich der Text der Herren an verschiedenen Stellen stark voneinander abwich – besonders die Zeile: ‚Mein Liebchen ist verschwunden, das dort gewohnet hat', die Pfarrer van Kerkhof entweder nicht kannte oder nicht singen wollte –, verklärte sich der Blick der alten Dame, und sie schwelgte sichtbar in vergangenen Zeiten.

Die Frau im gelben Kittel, die ständig wie ein guter Geist zwischen den Tischen und der Küchentür hin und her schwebte, klatschte im Vorbeieilen als Erste Beifall, und nachdem der Männerchor schließlich in Unkenntnis der nächsten Strophe verstummt war, schloss sich nach und nach der vornehme Applaus der alten Damen an. Die ausgebootete, noch immer schmollende Sängerin hingegen griff umgehend nach der Tortenschaufel. Schon seit geraumer Zeit hatte sie sichtbar ungeduldig mit der rosa Buttercreme geliebäugelt, und das größte Stück befand sich gleich vor ihrem Platz ...

„Stopp, Kathrinchen, denk an deine Diabetes. Du hattest schon eins", bremste die Pflegerin, die gerade wieder durch die Tür kam, die emsigen Bewegungen der Dame aus.

„Aber davon noch nicht!"

„Egal, du konntest ja wählen. Ein Stück Kuchen am Tag und nicht mehr. Tut mir leid, Kathrinchen."

„Außerdem gehört sich das nicht, auf Kosten anderer Leute ein Stück nach dem anderen in sich hineinzustopfen", meldete sich jetzt Klara zu Wort. Sie hatte die Tischnachbarin schon längere Zeit voller Unmut beobachtet und nun endlich einen Grund gefunden, dieser unverfrorenen Person einen Rüffel zu verpassen.

Für ihren bissigen Kommentar erhielt die Haushälterin nun

ihrerseits einen unsanften Rippenstoß von Pfarrer van Kerkhof. „Sie sind unmöglich", zischte er sie durch seine Zahnlücke im seitlichen Oberkiefer an.

„Und Sie sollten sich endlich mal Ihr Gebiss flicken lassen!", konterte Klara, die mit einer solchen Zurechtweisung spürbar schlecht umgehen konnte. Ihr war anzusehen, dass sie die nächste heftige Bemerkung auf den Lippen hatte, und wieder war es Pfarrer Tiedgen mit seinem Bedürfnis nach Harmonie, der sich einschaltete und den Versuch unternahm, dem Gespräch eine andere Richtung zu geben: „Sagen Sie, Frau Zopf, warum ist heute eigentlich niemand von Ihrer Familie hier? Haben Sie Ihre Großnichten nicht eingeladen?"

Die Jubilarin zuckte mit den Schultern und blickte sich suchend um. Dann erhellte ein Strahlen ihr faltenreiches Gesicht. „Da kommt er ja, der Bub!", rief sie erfreut der Eingangstür entgegen.

Die Köpfe aller Anwesenden drehten sich mit und Klara stieß aus: „Was ist das denn für ein komischer Vogel? Mit dem in einem Raum muss man ja Angst um sein Leben haben."

„Jetzt ist es aber mal gut", gebot Pfarrer van Kerkhof ihr mit gedämpfter Stimme Einhalt, während der neue Gast sich bereits in inniger Begrüßung mit der alten Dame befand. „Das ist Frau Zopfs Neffe Siegfried, und er ist ein ganz lieber Junge."

„Ein lieber Junge", ahmte Klara ihren Pfarrer nach, „der hat die Vierzig doch längst überschritten. Und kleidet sich wie einer vom Zirkus." Die nächste Feststellung wagte selbst Klara nur hinter vorgehaltener Hand. „Meine Güte, die vielen Schrauben in seinen Augenbrauen. Und schauen Sie sich erst mal die Ohren an: voller Reißbrettstifte."

Pfarrer van Kerkhof lachte seine Haushälterin genüsslich aus. „Da sehen Sie mal, wer von uns beiden den besseren Draht zur heutigen Jugend hat, meine Gute. Das sind bestimmt nicht Sie. So was nennt man Pearcings, liebe Klara."

In der Tat hatte es Klara kurz die Sprache verschlagen, dies jedoch für höchstens ein paar Sekunden, denn ihr abschätzender Blick galt nun der Flickenjacke und gleich darauf den unzähligen verfilzten Zöpfen, die frech vom Kopf des Mannes nach allen Richtungen zeigten.

Erneut lachte Pfarrer van Kerkhof sie aus. „Bevor Sie die nächste Nörgelei loslassen: Die Frisur ist unter den jungen Leuten beliebt und nennt sich Rastazöpfe."

„Aha. Wäre das nicht was für Sie, Herr Pfarrer? Die ganze Haartracht in wilde Strähnen flechten und nie mehr den Kopf waschen. Geschweige denn, ein Schuppenwasser einmassieren."

In Windeseile hatte die Pflegerin ein weiteres Gedeck aufgetragen und einen Stuhl neben den von Irma Zopf gezogen. Der Neue hatte unterdessen den Tisch umrundet und jede der eifrig angebotenen Hände geschüttelt, als er sich jetzt über Klara beugte. Etwas zu tief für ihren Geschmack, denn sie zog wie mechanisch den Kopf ein. Doch da sie immer noch ihre Brille trug, konnte sie das gesamte Katastrophengebiet von Nahem sehen, die durchstochenen Hautfalten über den Augen und die Nieten rund um die innere Ohrmuschel, eingerahmt von purem Filz ... und trotzdem verströmte der Kerl einen äußerst sauberen Geruch. Sie wusste, dass ihr der Mund fassungslos offenstand, und während ihre Hand für ihr Empfinden viel zu fest gedrückt wurde, fiel Klara die Anstandsregel ein, dass sich schließlich der Jüngere der Älteren vorzustellen hatte!

Mit gerunzelter Stirn und fragendem Blick sah sie ihn schweigend von unten herauf an. Ihm schien ein Licht aufzugehen: „Ah so, wir kennen uns noch nicht. Ich bin der Siggi." Und weiter?, fragte Klaras Kopfbewegung.

„Also, die Frau Zopf hatte eine Schwester. Eine sehr viel jüngere. Und die war verheiratet und zuletzt Witwe. Hinterlassen hat sie einen Sohn. Dieser Sohn also ..."

„Sagen Sie doch gleich, dass Sie der Neffe von Frau Zopf sind. Ich kann schon noch kombinieren, mein lieber Junge."

Van Kerkhofs Empfinden nach wirkte Klara heute spürbar gereizt. Ob das daran lag, dass sie sich und jedem anderen hier mit allen Mitteln beweisen wollte, wie sehr sie selbst sich von den restlichen Frauen am Tisch abhob, weil ein paar der Heimbewohnerinnen in ihrem Alter waren? Er selbst war kein Frauenkenner, doch er vermutete, dass diese im Allgemeinen ein Problem mit dem Älterwerden hatten. Ihn dagegen kümmerten seine fortgeschrittenen Jahre nicht. Auch als katholischer Pfarrer musste er auf die Frau am Herd nicht verzichten. Zwar eine mit einer vorwitzigen Nase und Haaren auf den Zähnen, doch da sein Wohlergehen offenbar ihr allerliebstes Hobby war, würde er es sich mit Klara niemals verderben.

So schüttelte er jetzt unauffällig den Kopf und gab dem bezopften Mann stumm ein Zeichen, sich jetzt besser auf seinen Stuhl am anderen Ende des Tisches zu verziehen.

„Wie auch immer", schloss Neffe Siggi seine Rede, „was ich nur sagen wollte: Tante Irma ist mein bestes Stück. Zum Glück gefällt's ihr hier."

„Das beste Stück?", rief Irma Zopf vom anderen Tischende herüber. „Das kannst du haben. Ist auch das größte, das rosa Tortenstück, genau vor Katharina. Nimm du es dir. Die hier kriegt es jedenfalls nicht." Sie schickte einen schadenfrohen Blick zur Nachbarin und klopfte auf den freien Stuhl neben sich.

Während Klara Tante und Neffen aus der Ferne beobachtete und murmelte: „Ob der auch ausdrücken kann, was er wirklich sagen will?", verfolgte sie doch mit anerkennendem Nicken die sichtbare Zuneigung der beiden.

Der lange Arm im Flickenteppich legte sich um die knochigen Schultern der alten Dame, wobei die freie Hand des Neffen ein in Zeitungspapier verpacktes Geschenk aus der riesigen Jackentasche zog. Mit ungelenken Fingern wickelte Irma Zopf etwas aus, das sie lange betrachtete und dann auf den Tisch legte.

„Oh wie schön, ein halber Ball", sagte sie aufrichtig erfreut.

„Kein Ball, Tante Irma, und schon gar kein halber. Hier, schau mal, wer da drin ist."

Er schüttelte das Objekt und hielt es der Tante vors Gesicht.

„Ach, du meine Güte! Du und ich im Schnee!", flötete sie. „Wie hast du uns denn da hinein bekommen?"

„Das ist ein Foto in einer Schneekugel. Du schüttelst sie und es schneit", erklärte der Neffe liebevoll und freute sich über die Begeisterung seiner alten Tante.

„Nun lasst doch mal sehen!", forderte die Tischnachbarin ungeduldig. „Gebt's mir auch mal."

Klara straffte ihr Haltung. Schon wieder diese penetrante Person, dachte sie mit aufkommender Empörung, doch seltsamerweise konnte sie eine Reaktion gut zurückhalten. Dem Neffen war zuzutrauen, dass er sowohl Tante als auch Geschenk gebührend verteidigte. Und sie behielt Recht.

„Die Schneekugel gehört ganz allein Tante Irma. Sie hat schließlich heute Geburtstag", verkündete er klar und deutlich.

„Ach was, ich habe Geburtstag?", fragte Irma Zopf überrascht. „Bin ich schon hundert?"

„Neunzig, Tante Irma. Das ist fast schon so viel wie hundert. Und die wirst du auch noch!" Er strahlte und nickte anerkennend zur Pflegerin empor, die ihm soeben Kaffee einschenkte und seiner Tante einen kleinen Streuer mit feinmaschigem Deckel neben den Teller stellte. „Da ist Ihr Puderzucker, Frau Zopf. Aber nicht zu viel davon, haben Sie gehört?"

Die alten, von blauen Adern überzogenen Hände ergriffen die Streudose und schwenkten diese mit zittrigen Bewegungen und ausgestreckten Armen über der Tafel hin und her. „Noch eine Schneekugel!", rief sie fasziniert. Der pudrige weiße Staub rieselte auf alles, was er erhaschen konnte, so auch auf den dunkelblauen Kleiderrock einer alten Dame, die sofort Alarm ausrief.

Deren Nachbarin wiederum wich erschrocken zur Seite und stieß aus: „Hilfe, Schwester! Mein Kaffee ..."

Eine andere am Tisch schüttelte den Kopf und rief: „Fräulein, zahlen!"

Diesen kleinen Ausnahmezustand nutzte Irma Zopf, um sich weit vorzubeugen und all die bunt bedruckten, noch unbenutzten Servietten in greifbarer Nähe einzusammeln.

„Schwester!", rief eine der Bestohlenen, „ich wollte mir aber noch den Mund abwischen!"

„Ich bringe gleich neue, Sie wissen doch, dass unser Irmchen Servietten sammelt. Und heute an ihrem Geburtstag wollen wir ihr die alle mal gönnen, nicht wahr?"

Mit vorgestrecktem Kinn und siegessicherem Strahlen strich die Jubilarin andächtig über die erbeuteten geblümten Papierservietten. „Da hören Sie's. Ich darf die alle haben. Weil ich nämlich Geburtstag habe. – Siggi, wie alt bin ich nochmal?"

„Neunzig, Tante Irma. Und wie ich schon gesagt habe: Du wirst bestimmt auch noch hundert."

„Oh, oh, was glaubt ihr, wie viele Servietten ich bis dahin noch sammeln kann!"

„Alte Angeberin!", motzte Kathrinchen und zielte mit ihrer benutzten Serviette auf Irma Zopfs Gedeck.

Das schien Pfarrer Tiedgen ein wenig zu viel an Verwirrung, zumal hier seine Vermittlungsgabe nichts mehr ausrichten konnte, und er verabschiedete sich mit Handschlag von Klara und seinem katholischen Kollegen.

Pfarrer van Kerkhof lehnte sich amüsiert zurück und verschränkte die Arme wie sonst in seinem Fernsehsessel. Dabei blieben seine Augen an einer Stelle auf dem Tisch haften.

„Vergessen Sie's, Herr Pfarrer, Sie hatten schon drei. Nachher gibt es Abendbrot."

Der einzige, der sich bemühte, die aufgeheizte Stimmung in der Runde zu beruhigen, war Neffe Siegfried. Er sprang kurz entschlossen auf und begann, für die alten Damen zu zaubern. Das schien er nicht zum ersten Mal zu tun, weil aller Augen erwartungsvoll auf seiner Hand ruhten, die jedes Mal, wenn sie kurz hinter seinem Rücken verschwand und wieder hervorkam, eine verpackte Praline enthüllte, die anschließend über den Tisch auf einen der Kaffeegäste zurollte.

Als Pfarrer Tiedgen an Siegfried vorbei schritt, wurde auch ihm spielerisch eine der kleinen Köstlichkeiten präsentiert, die er verlegen lächelnd annahm. Dabei schwenkte sein Blick zurück zum katholischen Kollegen, der ihm lachend zurief: „Viele Grüße an die Gemahlin und die Kinder, mein Lieber!"

Tiedgen antwortete etwas, doch seine Stimme drang nicht bis zum Tisch durch.

„Was hat er gesagt, Klara?", hakte van Kerkhof nach.

„Ach, vergessen Sie's. Er hat ‚gleichfalls' gesagt."

„Na, das kann ich in der Tat vergessen", witzelte van Kerkhof mit leidvoller Miene, woraufhin seine Haushälterin verständnislos den Kopf schüttelte.

Dann ging alles ganz schnell. Viel zu schnell, befand Klara, als sie sich später diese Szene noch einmal vergegenwärtigte.

Die Flügeltüren zur Cafeteria schwangen auf und herein stapften zwei dralle Frauen mittleren Alters. Selbst dem Teppichboden gelang es nicht, die energischen Schritte der kurzen strammen Beine zu dämpfen.

„Was ist denn das für ein Garderegiment?", raunte Klara dem Pfarrer zu.

„Das sind Siggis Großcousinen", brummte van Kerkhof, und er wirkte in jenem Moment seltsam eingeschüchtert.

Die gelblich gefärbten, nach innen gerollten Frisuren über den grünen Lodenmänteln flogen während des Einmarsches nach rechts und links. Nach ein paar Metern blieben die Frauen auf der Stelle stehen und studierten mit Adleraugen das Geschehen im Raum, tauschten sich lautstark aus und steuerten zielstrebig auf den Tisch zu.

„Na, da haben wir ja unser Geburtstagskind!", stieß eine von ihnen mit voluminöser Stimme aus. „Dann mal los, Tante Irma. Jetzt geht's zur richtigen Feier!" Mit einer gekonnten Fußbewegung entriegelte sie daraufhin die Bremse an Irma Zopfs Rollstuhl, während die andere bereits die Handgriffe übernommen hatte und den Stuhl mitsamt der verdutzten Jubilarin schwungvoll um hundertachtzig Grad drehte.

„Aber der Siggi!", rief Irma Zopf im Davonfahren und versuchte, über ihre Schulter zurückzuschauen, gestikulierte dazu wild mit ihrem Zuckerstreuer. „Und meine Servietten!" Doch schnell hatte man sie mit irgendetwas abgelenkt, sodass sie schon im nächsten Moment holpernd durch die Schwingtür entschwand.

Klara stieß einen empörten Laut aus und rempelte von der Seite ihren Pfarrer an.

„Was war das denn?! Haben Sie so was Unhöfliches schon mal gesehen?"

Van Kerkhof zuckte resigniert die Schultern. „Leider ja. Genau bei diesen beiden dummen Ziegen."

„Na", tadelte Klara Pfarrer van Kerkhof, „so etwas sagt man nicht. Ziegen sind klug."

Doch das Scherzen wollte ihnen beiden nicht gelingen, weil ihre Augen längst schon auf dem erstarrten Zauberer mit den hängenden Schultern ruhten.

2.

Es war Anfang März. Limburg hatte sein für diese Jahreszeit nicht ungewöhnliches Schmuddelwetter. Während in der Ferne auf den Höhen von Westerwald und Taunus noch eine weiße Schneeschicht zu sehen war, entschied sich der Niederschlag in der Stadt zumeist dafür, als Regen zur Erde zu fallen.

Die Glocken der kleinen Friedhofskirche waren weithin zu hören.

Schwarz gekleidete Menschen mit großen, dunklen Regenschirmen beeilten sich, in das Innere des alten Gotteshauses zu kommen.

„Nein, nein", sagte eine ältere Dame, die neben Klara auf den Eingang zuschritt, „dass es auf einmal so schnell mit ihr ging."

„Einem jeden sind Ort und Stunde vorausbestimmt", kommentierte Klara feierlich, „auch der lieben Irma Zopf."

Ja, es war schnell gegangen. Aber war es nicht das Beste für die gute Irma gewesen? Einfach einschlafen und dann nicht mehr aufwachen – was konnte man sich am Ende eines langen Lebens mehr wünschen?

Klara ging zügig weiter. Es gelang ihr, vor der Begleiterin das Kirchenportal zu erreichen, denn sie befürchtete, dass in der ersten Reihe nur noch wenige Plätze frei waren. Als Pfarrhaushälterin stand es ihr aber doch zu, möglichst vorne zu sitzen.

Die Kirche war voller, als man es von Trauerfeiern für ältere Menschen gewohnt war. Das lag daran, dass die Verstorbene früher Lehrerin gewesen war. Viele ihrer ehemaligen Schüler waren gekommen, um ihr die letzte Ehre zu erweisen. Auch wollte der Mandolinenverein die Zeremonie feierlich umrahmen, denn darin war Irma Zopf in jungen Jahren selbst aktiv und bis zu ihrem Tod Ehrenmitglied gewesen.

Klara erfasste mit einem Blick auf die Hinterköpfe in der linken ersten Reihe, dass sich dort die wenigen nächsten Verwandten versammelt hatten. Eine schwarze Schulter an der anderen, darunter auch zwei solcher starren Stachelkopffrisuren, die Klara auf den

Tod nicht ausstehen konnte. Haargel – solches Zeug kannte Klara, hatte sie es doch in ihrer Verzweiflung über die fedrig abstehenden Büschel des Pfarrers selbst einmal gekauft, und hin und wieder musste sie heute noch ihre Finger in die glitschige Masse tauchen, bevor er das Haus verließ.

Um wen alles es sich da vorn handelte, würde sie schon noch herausbekommen. Allerdings fehlten dort noch zwei wesentliche weibliche Hinterköpfe und ein besonders markanter Männerkopf.

Klara hatte inzwischen den Mittelgang durchschritten. In den ersten Bänken der rechten Kirchenhälfte waren noch fast alle Plätze frei. Dennoch setzte Klara sich nicht in die erste, sondern in die zweite Reihe. So musste sie ihren Nacken nicht überstrapazieren, wenn sie das Geschehen vorne am Altar verfolgen wollte.

Von der Seite schob sich ein Mann in ihre Bankreihe und setzte sich dicht neben sie, obwohl eigentlich Platz genug war. Hätte Klara ihn nicht gekannt, wäre sie etwas abgerückt, aber der hier durfte bleiben: Es war Herr Rosenbaum, der Leiter des Bestattungsinstitutes, und für Klaras Empfinden sah er nicht sehr gesund aus. Die roten Kreise auf seinen Wangen sprachen dafür, dass er sein Bluthochdruckmittel entweder nicht genommen hatte oder nicht wusste, dass er überhaupt eines brauchte. Auch schien er ziemlich außer Atem zu sein, fingerte in seiner Westentasche herum und wischte sich mit einem Taschentuch über die Stirn. Ob sie ihn darauf ansprechen sollte? Andererseits hatte sich jeder selbst um sein Befinden zu kümmern. Nein, das würde sie schön bleiben lassen! Sie richtete den Blick entschieden von ihm fort und betrachtete das große Kruzifix im Altarraum.

Dafür beugte Bestatter Rosenbaum sich nun zu ihr hin und flüsterte gewichtig in ihr Ohr: „Es ist alles geregelt und ordentlich vorbereitet. Ich war gerade noch einmal am Grab!" Herr Rosenbaum erzählte gerne, auch Dinge, nach denen er nicht gefragt wurde. Manchmal konnte man sich das zunutze machen.

„Wo findet eigentlich der Trösterich statt?", fragte sie deshalb.

„Im Restaurant ‚Himmel und Erde'", sagte der Bestatter, wobei Klara auffiel, dass sich sein Atem immer noch nicht beruhigt hatte.

Die Antwort gefiel ihr. Die ehemalige Friedhofskapelle am Schafsberg war ihr vertraut, weil Pfarrer van Kerkhof sie einmal zu einem ganz besonderen Anlass dorthin zum Essen ausgeführt hatte: Zu ihrem siebzigsten Geburtstag vor zwei Jahren hatte er für sie beide dort einen Tisch reserviert, hatte sich zur Feier des Tages aus eigenen Stücken sein Lieblingshemd heimlich selbst gebügelt – wie auch immer die Falten anschließend verteilt waren –, und sie ohne ihr zu verraten, wohin die Fahrt ging, in das Restaurant mit dem vielsagenden Namen geführt. Es hatte in der Tat himmlisch geschmeckt. Der einzige Schatten, der auf jenem Abend lag, war van Kerkhofs Bitte, sie solle das Tischgebet doch bitte nicht so laut verrichten, dass man es auch noch auf den Toiletten hören konnte.

Wie so manches Mal hatte sie ihn auch dort gefragt, wer von ihnen beiden denn hier der Geistliche sei, der sich immer und überall zu seinem katholischen Glauben zu bekennen habe ...

„Was hat denn Pfarrer Tiedgen da vorn am Mikrophon zu suchen?", wandte sich Klara nun an ihren Banknachbarn Rosenbaum. „Der ist doch evangelisch!"

Rosenbaum schien das Thema dankbar anzunehmen, denn seine Antwort kam schnell und eifrig. „Er wird es testen wollen. Ich vermute, dass die lieben Großnichten von Irma Zopf ihn hierher beordert haben. Die und ihre ständigen Spielchen."

Sieh an, die Großnichten steckten dahinter, das hatte sie sich doch gleich gedacht! Nach dem sonderbaren Auftritt neulich im Altenheim sollte man sich bei denen über gar nichts mehr wundern.

„Welche Spielchen meinen Sie denn?", hakte Klara mit dem brennenden Gefühl der Neugierde nach.

„Ach, die drehen sich meistens ums Geld! Der Mann der einen ist Geschäftsmann. Dort drüben sitzt er, ganz vorn, neben seinen Zwillingen. Wie ich weiß, liegt sein holdes Weib ihm in den Ohren, Pfarrer Tiedgen eine moderne Computeranlage für den evangelischen Kindergarten aufzuschwatzen. Ich nehme an, deshalb musste der evangelische Pfarrer heute auch mit auf die

Bühne." Herr Rosenbaum nickte seinen Folgerungen gewichtig hinterher.

„Das ist ja interessant", antwortete Klara lauter als beabsichtigt. Ob das auch ihr einfältiger Pfarrer wusste? Es war nicht immer von Vorteil, jedem nur Gutes zu unterstellen, wie es van Kerkhofs Art war. Auch Pfarrer Tiedgen war seinen Mitmenschen gegenüber äußerst positiv eingestellt. Und trotzdem würde der sich niemals ausnutzen oder vor einen Karren spannen lassen, dessen war sich Klara sicher.

„Eins, zwei, drei ... Test, Test ...", vernahm sie gleich darauf seine Stimme aus den seitlichen Lautsprechern, dann sah sie, wie er die Halterung des Mikrophons auf seine Höhe ausrichtete, bevor er den Weg von der Kanzel herab nahm und sich im linken Block zwischen Gleichaltrigen niederließ, die Klara allesamt unbekannt waren.

„Der Mikrophontest wäre eigentlich Aufgabe des Küsters gewesen", murmelte Klara vor sich hin. Doch ihre Stimme ging unter im allgemeinen Geräuschpegel. In der Kirche herrschte eine Betriebsamkeit, die mehr mit dem Auftakt einer Konzertveranstaltung gemeinsam hatte als mit einer Trauerfeier. Die Mitglieder des Mandolinenorchesters packten ihre Instrumente aus und bauten die Notenständer auf. Und während sie auf ihren Lauteninstrumenten herumzupften, um sich aufeinander einzustimmen, betrat der Küster den Altarraum und zündete die Kerzen an. Dann fiel weit hinten die schwere Kirchentür ins Schloss.

Klara wandte sich um und sah die beiden Großnichten hereinkommen. Tiefschwarz und eine auf die andere gestützt, schritten sie langsam und schwerfällig nach vorne. Unterwegs hielten sie immer wieder an und umarmten Trauergäste, die ihnen offenbar besonders nahestanden. Nach einer kleinen Ewigkeit und viel Aufmerksamkeit hatten sie endlich die erste Bank auf der linken Seite erreicht, und obwohl ihre Angehörigen auf das Kommando eines energischen Winks eng zusammenrutschten, war es nicht zu übersehen, dass die Nichten jeweils am Bankende auf nur einer Gesäßhälfte Platz fanden.

„Das ist mir alles ein bisschen zu dick aufgetragen", flüsterte Klara dem Bestatter zu. „Irma Zopf war neunzig und seit Jahren dement. Die beiden sind die Töchter ihrer Cousine, so steht es in unseren Akten. Bricht man da vor Trauer fast zusammen?"

Rosenbaum nickte und legte wie ertappt den Zeigefinger auf den Mund: „Ich darf eigentlich gar nichts dazu sagen, schließlich bezahlen sie mich!"

Erneut klapperte es hinten beim Portal und ein Schwall frischer Luft strömte durch die Kirche: Jemand musste die Tür ganz geöffnet haben. Herrn Rosenbaums Kopf schnellte herum und er erhob sich und eilte geschäftig davon. Seinem Kommentar entnahm Klara nur noch die Worte: „... die vom Altenheim ..."

Erneut ging es sehr geräuschvoll zu. Auch die Großnichten erhoben sich wie elektrisiert und schritten auf plötzlich äußerst sicheren Beinen nach hinten, um lautstark dabei zu helfen, Rollstühle mit alten Menschen in der Kirche unterzubringen. Dabei klackerten ihre Absätze unangenehm laut auf den Bodenfliesen, sodass Klara den Hals verrenkte, um einen Blick auf die Schuhe der Schwestern zu erhaschen. Stöckelschuhe – Klara hatte es geahnt. Dass die solche Gewichte tragen konnten?

Mehrmals schlug daraufhin die schwere Tür, Stühle wurden gerückt, und das Orchester nutzte die Unruhe, um sich noch einmal rasch von der Stimmigkeit seiner Instrumente zu überzeugen. Es dauerte ein ganze Weile, bis wieder Ruhe einkehrte.

Klara warf einen Blick auf ihre Armbanduhr. Ob die vorging? Nach ihrer Zeit hätte die Andacht schon vor sieben Minuten beginnen sollen ...

Am Rand ihrer Bank, gleich vor dem Beichtstuhl, stand ein zitterndes altes Mütterchen, das auf Klara einen orientierungslosen Eindruck machte. Kurz entschlossen stand sie auf und ging zu ihr, fasste sie bei den Schultern und blickte in die trüben, geröteten Augen.

„Wissen Sie nicht, wohin?", fragte Klara mit jenem liebevollen Klang in ihrer Stimme, der in ihrem Zusammenleben mit Pfarrer van Kerkhof leider nicht allzu oft zum Einsatz kommen konnte.

Die alte Frau zuckte ratlos die Schultern, bevor sie mit wackligem Tonfall antwortete: „Die Irma war die letzte aus meinem Jahrgang. Jetzt ist sie auch noch weg." Aus ihren Augen kullerten ein paar Tränen und auch ihre Nase war feucht.

Klara zog ein großes, sauberes Taschentuch aus ihrem Ärmel, das sie hauptsächlich für den unvermuteten Gebrauch ihres Pfarrers dort bereithielt, doch jetzt fand es seinen Einsatz für nicht minder Wichtiges.

„Hier, schnäuzen Sie sich mal kräftig. – So, und jetzt kommen Sie zu mir in die Bank." Sie führte die Frau mit sich und ließ sie auf Herrn Rosenbaums Platz sitzen. Aufgestanden, Platz vergangen!, dachte sie kurz, doch der Bestatter konnte ebenso gut von der anderen Seite her wieder zu ihr gelangen, wenn er das wollte. Aber diese alte Frau an ihrer Seite, die brauchte jemanden, der tröstend den Arm um sie legte, und das übernahm Klara aus vollem Herzen, denn wenn hier jemand aufrichtig trauerte, dann dieses Mütterchen.

Ein leises Läuten aus der Richtung der Sakristei kündigte an, dass die Zeremonie jetzt begann. Die Kirchenbesucher räusperten sich und die Orgel pumpte. Dann setzten die tiefen Pfeifen ein, die Klara ihren dröhnenden Beiklang direkt in den Magen zu blasen schienen. Natürlich war diese Art von persönlicher Belagerung volle Absicht der Orgelbauer; feierliche Atmosphäre schaffen, Ehrfurcht einflößen, Klara kannte durch ihren Beruf viele Orgeln, und diese hier schien der Prototyp aller anderen zu sein, so stark vibrierte es in ihrem Innern.

Jetzt traten die Messdiener ein, ihnen folgte Pfarrer van Kerkhof im violetten Messgewand. Klara liebte es, wenn sie ihren Pfarrer in feierlichem Rahmen mit einem seiner liturgischen Gewänder eintreten sah. Das erfüllte sie jedes Mal mit Stolz und Respekt zugleich. Sie stellte sich vor, der evangelische Pfarrer Tiedgen würde jetzt an seiner Stelle einlaufen, in seinem schwarzen Talar und dieser weißen Halskrause … Ganz kurz kicherte Klara in ihre Hand: Eine solche Krause nannte sich Beffchen. Wie albern! Doch schon im nächsten Moment verging ihr das Schmunzeln, als sie einen eindringlichen Blick auf die Statur ihres Pfarrers warf: Der alte Tölpel hatte sich doch wahrhaftig schon wieder den Saum losgetreten! Wie er das nur immer wieder fertigbrachte? Hoffentlich reichte die violette Nähseide noch für den Schaden, denn wie jedes Mal würde sie das Messgewand wieder rundum neu vernähen müssen.

Und heimlich geraucht hatte er bestimmt auch wieder. Sie hatte ihm zu Hause angemerkt, dass er vor dieser Beerdigung ziemlich angespannt war, und es gab genug Nischen um die Kirche, in die er sich verkrümeln konnte. Irgendwie fand er immer noch Plätze, wo er seine Zigaretten vor ihr verstecken konnte, auch wenn Klara die meisten schon ausfindig gemacht hatte. Sie hielt schon jetzt die Luft an für den Moment, da er Irma Zopfs Familie kondolieren würde. Ein Pfarrer, der nach Zigarettenrauch stank, das ging gar nicht!

Dann zuckte Klara erschrocken zusammen. Jemand zwängte sich von der anderen Seite her neben sie in die Bank. Es war Siggi, der Neffe der Verstorbenen. Zur Feier des Tages trug er zur Jeans nicht seine kunterbunte Flickenjacke, sondern ein schwarzes Sakko. Dafür aber wirkten seine Rastazöpfe in dieser Kombination vollkommen absurd.

„Sorry, aber ich wollte es zeitlich so knapp wie möglich halten", sagte er nicht einmal besonders leise zu Klara und fügte hinzu: „Bestimmten Leuten muss man nicht länger als nötig begegnen."

Klara wunderte sich über sein unvermitteltes Auftauchen, denn sie hatte bei der Musik die Kirchentür gar nicht gehört. „Sie müssen da neben bei den Angehörigen sitzen", flüsterte sie zwischen Piercings und Rastazöpfen in Richtung der Stelle, an der sie sein Ohr vermutete.

„Nein, danke!", kam es wieder nicht sehr leise zurück.

Klara erwiderte nichts mehr, obwohl es ihr nicht besonders angenehm war, neben diesem ungepflegten Typen zu sitzen. Was würden die Leute nur denken? Am Ende glaubten sie noch, sie sei mit ihm verwandt oder gar befreundet. Unwillkürlich sog sie die Luft durch die Nase ein. Nein, übel riechen tat er wirklich nicht, dieser Siggi, das würde seine Nachbarschaft schon etwas erträglicher machen.

Pfarrer van Kerkhof drehte sich um, und während er die Trauergemeinde begrüßte, war Klara erleichtert: Seine Optik stimmte, die Haare saßen richtig.

So konnte sie wie die anderen nun unbelastet dem Verlauf der Andacht folgen und drückte das kleine Mütterchen aus Erleichterung fest an sich. Die Liturgie war Klara so vertraut wie ein normaler Tagesablauf. So oft, wie sie schon bei einer Beerdigung gewesen war, wusste sie genau, was als Nächstes kam.

Abermals hörte Klara die Kirchentür, doch so sehr es sie auch interessiert hätte, sie wagte es nicht, sich umzudrehen. Es gab einfach immer Leute, die zu spät kommen mussten. In diesen Momenten wünschte sie sich die alten Zeiten zurück, in denen der Pfarrer die Kirche kurz vor Beginn der Messe abschloss. Dann konnte niemand, der zu spät kam, die Andacht der Besucher stören, und jeder musste bis zum Ende bleiben. Aber heute in diesen seltsamen Zeiten fand man für solche Wünsche ohnehin kein offenes Ohr und behielt sie deshalb besser für sich.

Pfarrer van Kerkhof war bekannt für seine kurzen Ansprachen. „Was soll man die armen Leute so lange quälen!", sagte er immer. Doch als er diesmal endete, zuckte Klara zusammen, als hätte ein Pfeil sie getroffen: Ihr Pfarrer rückte zur Seite und überließ seinen Platz doch wahrhaftig Pfarrer Tiedgen, der erneut an der Mikrophonhalterung herumschraubte.

Klara straffte ihre Haltung. Hier würden doch wohl nicht diese neumodischen Sitten der Ökumene eingeführt werden? Von solchen Errungenschaften hielt sie nämlich gar nichts! Und dass Pfarrer van Kerkhof sie darauf nicht einmal vorbereitet hatte, nahm sie ihm auf der Stelle für übel, zumal er ihre Ansichten bestens kannte.

Pfarrer Tiedgen räusperte sich und hob an zu sprechen.

„Als langjähriger Schüler der lieben Verstorbenen möchte ich gern im Namen meiner ehemaligen Schulgemeinschaft ein paar Worte …"

Aha! Das also war der Grund seiner Anwesenheit und der Mikrophonprobe. Das erklärte und verzieh alles. Und während Klara jetzt ehrlich interessiert und andächtig lauschte und das Mütterchen an ihrer Seite lautlos vor sich hin weinte, war es in der kleinen Kirche so still wie in einem Grab. Für seine warmherzigen Worte hatte Pfarrer Tiedgen wohl oder übel ein Lob verdient, und damit Klara das später nicht vergessen würde, machte sie einen Knoten in ihr Taschentuch, in welches sich noch vor wenigen Minuten ihre Banknachbarin herzhaft geschnäuzt hatte.

Aber nicht nur Klara ging dieser Nachruf für Irma Zopf unter die Haut – es war ihr Neffe Siggi, der sich unentwegt mit dem Ärmel über die Augen wischte, und es tat Klara leid, dass sie ihm das zweckentfremdete Taschentuch nicht mehr anbieten konnte. Wie gut hätte sie ihm so ihre Verbundenheit ausdrücken können ...

Die Einlagen des Mandolinenorchesters verlängerten die Zeremonie abermals. Doch war Klara äußerst angetan von der Musik, und als dann am Ende noch das Lied ‚Maria zu lieben' angestimmt wurde, war sie völlig berührt von diesem Trauergottesdienst für Irma Zopf.

Ärgerlich war nur das häufige Türenklappern. Immer gab es irgendwen, der mal rausging, wohl zur Toilette, um dann natürlich wieder hereinzukommen. Doch den vielen alten Besuchern konnte man das nachsehen.

Zum Ende des Gottesdienstes kam Bewegung in die Trauergemeinde. Bestatter Rosenbaum auf der einen Seite – er musste sich von ihr unbemerkt doch wieder ihre Bankreihe ausgesucht haben –, aber auch Siggi auf der anderen Seite standen auf.

„Die Arbeit ruft", sagte Rosenbaum ein wenig gehetzt, während Neffe Siggi auf den Sarg zuging und sich das Holzkreuz mit dem Namen seiner Tante ergriff. Als er damit wieder an Klara vorbeikam, klang es wie eine gequälte Rechtfertigung: „Das lasse ich mir nicht nehmen, da kann jetzt kommen, wer will. Das Kreuz trage ich!"

Und so machte sich die Gemeinde auf, Irma Zopf zu ihrer letzten Ruhestätte zu bringen: Voran Pfarrer van Kerkhof mit den beiden Messdienern, dann der Wagen mit dem Sarg, der von den Trägern geschoben wurde, und schließlich der Mann mit den Rastazöpfen, der mit feuchten Augen das Kreuz trug und dem die Gemeinde mit einer Selbstverständlichkeit folgte, die auf den ersten Blick vermuten ließ, dass niemand Anstoß nahm an seiner ungewöhnlichen Erscheinung.

Klara hatte zwar die Rollstühle des Seniorenheimes überholt, es aber leider nur ins Mittelfeld geschafft.

„Ein seltsamer Kerl, der da vorne das Kreuz trägt", hörte sie eine Frau hinter sich sagen.

„Ich kenne ihn", erwiderte eine Männerstimme. „Ist mir immer noch zehnmal lieber als Irmas scheinheilige Nichten oder Großnichten oder was auch immer die waren. Aber du guckst ja nur auf Äußerlichkeiten!"

Entweder schwieg die Frau nach dieser Zurechtweisung oder Klara konnte ihre Antwort nicht hören. Durch die tragbare Lautsprecheranlage war jetzt nämlich ihr Pfarrer zu hören. Er sprach ein Gebet, in das die Trauergemeinde murmelnd einstimmte.

Der Weg zum Grab war nicht besonders weit und das Ziel bereits erreicht. In gebührendem Abstand bildeten die Menschen einen unregelmäßigen Kreis um die ausgehobene Stelle, bei der jetzt die schwarz gekleideten Männer mit den weißen Handschuhen den Sarg abluden.

Zu ihrem Leidwesen konnte Klara das alles immer nur ausschnittsweise sehen, und zwar immer dann, wenn die Leute vor ihr sich neugierig zur Seite bewegten oder das Standbein wechselten.

Jetzt musste bald der Moment kommen, in dem der Sarg in die grün ausgelegte Grube gelassen wurde, und ausgerechnet den würde sie verpassen …

Plötzlich stieß jemand einen Schrei aus. Nicht besonders laut, aber schrill und durchdringend.

Unruhe brach aus, dann wieder ein entsetzter Ausruf, der dieses Mal gut zu verstehen war: „God bewaar me! God bewaar me!" Es war Pfarrer van Kerkhof, der immer, wenn er besonders aufgeregt war, in seine Heimatsprache verfiel.

Ein Mann rief etwas über die Köpfe hinweg, das Klara nicht verstehen konnte, dann wieder Schreie. Sie stellte sich auf die Zehenspitzen, reckte den Hals, und auch die Leute in ihrer Nähe wurden unruhig.

Zwischen den Köpfen hindurch war die Sicht nach vorn für Klara unmöglich. Sie versuchte es mit Bücken, womit sie tatsächlich erfolgreicher war: Ihr Blick fiel auf den losgetretenen Saum Pfarrer van Kerkhofs, gleich daneben versanken die Pfennigabsätze einer der Nichten von Irma Zopf im aufgeweichten Erdboden. Ach nein, das waren ja nur Großnichten, die gehörten im Grunde in die zweite Reihe; auf jeden Fall aber hinter den Neffen Siegfried. Wo der aber stand, konnte Klara nicht ausmachen, dafür hätte sie vorher einen Blick auf seine Schuhe werfen müssen, und mit Sicherheit hätten ihre wachsamen Augen diese wiedererkannt. Aber was hatten auf einer Beerdigung solche hohen Pumps zu suchen? Das war genauso unpassend wie die speckigen Fesseln in dem zierlichen Schuhwerk dort vorn … Wahrscheinlich würde diese Person noch auf der Nase landen, doch das war nicht Klaras Problem. Dieses bestand im Moment vielmehr aus dem eingeschränkten Sichtfeld.

„Kann ich etwas für Sie tun?", fragte eine männliche Stimme über ihr. „Ist Ihnen nicht gut?" Eine Hand umfasste Klaras Ellbogen und stützte ihren Arm, bis sie sich wieder aufgerichtet hatte.

„Danke, alles in Ordnung", erwiderte Klara und entnahm der eigenen Stimme, wie ungehalten sie klang. Der Mann hob wie entschuldigend die Achseln und wandte den Blick wieder neugierig nach vorn. Neben ihm schüttelte Klara ratlos den Kopf. Derart eingezwängt würde es noch lange dauern, bis sie erfuhr, was sich dort beim Grab abspielte. Aber nicht nur Klara musste rätseln. Die eben noch so ehrfurchtsvolle Stille glich immer mehr einem surrenden Bienenstock.

„Ist da vielleicht einem der Sarg auf den Fuß gefallen? So schwer war die Irma nun auch wieder nicht", scherzte ein älterer Mann, der sich dafür einen bösen Blick seiner Frau einfing. Dann war aus den Lautsprechern plötzlich die aufgeregte Stimme von Pfarrer

Tiedgen zu hören: „Bitte beruhigen Sie sich und gehen Sie nach Hause! Die Beisetzung findet heute nicht statt!"

Nun konnte Klara sich nicht mehr zurückhalten: „Was soll das denn heißen: Wir sollen uns beruhigen und die Beisetzung findet heute nicht statt? Wir wissen ja nicht mal, worüber wir uns aufregen!" Sie drehte sich auf der Stelle und bahnte sich einen Weg zurück durch die Menge, um sich die Antwort bei ihrem eigenen Pfarrer abzuholen. Von seinem protestantischen Kollegen, der noch dazu privat hier war, würde sie sich ganz gewiss nicht nach Hause schicken lassen. Auf dem Weg zu van Kerkhof prallte sie gegen Siggi, der aufgeregt mit seinem Handy hantierte. Er war kreidebleich.

„Was ist los?", stieß Klara aus.

„Ich muss telefonieren ... die Polizei", stammelte er nur und tippte mit zitternden Fingern eine Nummer ein.

„Aber was ist denn passiert? Wozu die Polizei?!" Klara verfiel in jene forsche Tonlage, die sie immer dann nutzte, wenn sie unbedingt auf einer Antwort bestand.

Der Mann mit den Rastazöpfen sah sie mit roten, weit aufgerissenen Augen an: „Im Grab ... liegt eine Tote!"

Sie verstand nicht gleich. Lagen in Gräbern nicht immer Tote? Dann wurde Klara klar, dass dieser merkwürdige Siggi nicht von Irma Zopf gesprochen haben konnte.

„Eine Tote liegt in Tante Irmas Grab!", wiederholte er nur wieder. „Eine Frau, die ich eben noch gesehen habe!"

„Wie bitte?!" Davon musste sie sich mit eigenen Augen überzeugen!

Klara ließ ihn stehen und schlug einen Umweg ein, um von der anderen Seite her zum Grab zu gelangen. Der Aufruf von Pfarrer Tiedgen, doch nach Hause zu gehen, schien auf taube Ohren gestoßen zu sein. Niemand bewegte sich Richtung Ausgang, im Gegenteil: Die Menschentraube um das offene Grab herum wurde immer dichter, auch hier drüben drängten sich bereits die Schaulustigen. Da passte sie selbst aber auch noch dazwischen!

In Klara setzte der altvertraute Antrieb ein, der sie, fasziniert von unheimlichen Schauplätzen, mit angewinkelten Ellbogen zügig durch die schwarze Ansammlung von Menschen zur offenen Grube vordringen ließ.

In ihrem Rücken schnappte sie den Vorwurf auf: „Immer diese Gaffer!" Doch anstatt die Bemerkung missbilligend zurückzugeben, konzentrierte sie sich lieber auf Herrn Rosenbaums Beteuerung: „Aber wenn ich's Ihnen doch sage: Ich habe mich vor der Andacht nochmal überzeugt, dass hier alles in Ordnung ist! Und da lag niemand dort unten drin!"

Durch eine Geräuschkulisse von entsetztem Murmeln trat Klara vor bis an den Rand der grün ausgelegten Grabstelle. Wahrhaftig: Da lag jemand in der Tiefe auf dem Bauch. Eine Frau im schwarzen Mantel, den Kopf unnatürlich verdreht, sodass von hier oben die weit geöffneten Augen und der wie zum Schrei erstarrte Mund gut zu erkennen waren. Einer ihrer Unterschenkel war an der Seite der Grube unnatürlich verdreht, sodass der Fuß nach oben zeigte – der Anblick war so schrecklich, dass Klara sich abwenden musste.

Mehrfach schnappte sie in ihrem Rücken die Frage auf, ob jemand wisse, wer die tote Frau sei, doch niemand konnte einen Namen nennen. Dann unterbrach gleich neben Klara eine schroffe weibliche Stimme Herrn Rosenbaums verzweifelte Beteuerungen.

„Mein lieber Herr Rosenbaum! Da wird von den Kosten der Beisetzung aber ordentlich was abgezogen! Die ganze Zeremonie ist im Eimer. – Und es ist mir egal, ob Sie vorher noch hier waren oder nicht!"

Sieh an, dachte Klara, die Großnichte mit den Pfennigabsätzen! Herr Rosenbaum hatte nicht unrecht gehabt, als er ihr in der Kirche von der berechnenden Art der feinen Verwandtschaft Irma Zopfs erzählt hatte. Aber jetzt und hier an Geld zu denken, empfand Klara als völlig pietätlos. Ein wenig wollte sie den hilflosen Bestatter schon gern in Schutz nehmen.

„Schauen Sie lieber mal dort hinüber", riet sie der schimpfenden Frau mit scharfem Unterton. „Ihre Sprösslinge liegen nämlich auch gleich im Loch!"

Die Zwillingsknaben, wessen Söhne sie auch immer sein mochten, standen kopfüber gebeugt am Rand der Erdgrube und starrten wie gebannt auf die Tote in der Tiefe.

„Henning! Marvin! Weg da! Zurück!", reagierte die Frau sofort, und wie gehorsame Hunde traten die Burschen im Gleichschritt ein Stück nach hinten, um auf Zehenspitzen von dort aus zumindest noch einen Teil der Leiche zu sehen. Doch den frei gewordenen ersten Rang machten sich umgehend andere Schaulustige zunutze und verstellten den Teenagern die Sicht, sodass die sich mit sich selbst beschäftigen mussten, wollten sie mit der Situation zurechtkommen. Ihre Gesichter unter den senkrecht gestylten schwarzen Stacheln waren aschfahl, und ihre Mienen wechselten in einem fort unter dem Versuch, die Bestürzung und das Schaudern zu verbergen.

„He, Mann, ein Rätsel, pass auf", sagte der eine mit bemüht gleichgültigem Blick und brüchigen Stimmbändern. „Es geht um ein Ding. Wer es herstellt, kann es verkaufen. Aber wer es kauft, benutzt es nicht selbst. Und der, der es benutzt, weiß nichts davon. Was ist das? – Wenn du das errätst, kriegst du von mir einen Euro. Wenn nicht, krieg ich einen von dir."

Wieder das liebe Geld, dachte Klara und kniff die Lippen zusammen, damit ihr keine bissige Bemerkung entwischte. Im Hinterkopf jedoch drehten sich bei ihr alle Rädchen, um diesem reizvollen Rätsel auf die Spur zu kommen.

„Wer es herstellt, kann es verkaufen …" Sie sah Herrn Rosenbaum mit erhobenen Händen rückwärts gehen, wobei er erschöpft erklärte, er habe jetzt viel zu tun.

„… Aber wer es kauft, benutzt es nicht selbst …" Klaras Augen huschten über die Menschen um sie herum, und sie stellte wie vermutet fest, dass sich das Entsetzen, welches bislang auf den Gesichtern lag, am offenen Grab in pure Sensationslust verwandelte.

„… Und wer es benutzt, weiß nichts davon …" Ihr Kopf schnellte herum zu den Zwillingsknaben, froh über die Gelegenheit, deren Ablenkung zu unterstützen. „Dieses Ding in dem Rätsel ist ein Sarg! – Und jetzt krieg ich einen Euro!" Sie streckte den Jungen ihren offenen Handteller entgegen und stellte belustigt fest, wie den beiden auf der Stelle die Gesichtszüge entglitten. Als wiederholte Aufforderung zog Klara eine Braue hoch, was dazu führte, dass der eine der Knaben hilfesuchend nach der Mutter rief, die sich für Klaras Empfinden einem wirbelnden Tornado gleich auf sie zu bewegte.

„Die Frau will Geld von uns!", wurde sie umgehend aus zwei Kehlen informiert.

Einem abschätzenden Blick folgte ein vernichtendes Urteil: „Sieh an, eine Ausnahmesituation zu nutzen, um zu betteln! Noch dazu bei Kindern! Die Welt wird doch immer schlechter. – Sagen Sie", unterbrach die empörte Mutter sich plötzlich selbst, „sind Sie nicht die Putze vom Kerkhof? Sie hatten mir doch neulich die Tür aufgemacht im Pfarrhaus?"

Klara ließ ihren Blick über den prall gefüllten schwarzen Mantel der anderen wandern. Da steckten zu all den Kilos noch pfundweise Unverfrorenheit und Anstandslosigkeit darin. Wie gern hätte sie den Gedanken laut ausgesprochen, doch im Unterschied zu ihrem Gegenüber hatte sie ihr Mundwerk wenigstens hier auf dem Friedhof unter Kontrolle.

So setzte Klara nur ein gleichmütiges Gesicht auf und schenkte Irma Zopfs Großnichte ein Lächeln, bei dem sich die Falten in ihren Augenwinkeln wie Fächer kräuselten. „Sie meinen bestimmt Pfarrer van Kerkhof? Seine Putze kenne ich nicht. Ich bin seine Haushälterin. Und ob ich Ihnen die Tür geöffnet habe, weiß ich nicht mehr. Manche Gesichter kann man sich nur schlecht merken, und das ist auch gut so." Schon rechnete Klara mit einem weiteren unverschämten Kommentar, als sich eine Hand auf ihre Schulter legte.

„Ich muss Sie sprechen. Dringend." Es war Pfarrer van Kerkhof, und in Anbetracht dieses wahrhaft lächerlichen Zwischenfalls kam er Klara wie gerufen, denn die erneut protestierende Person vor ihr hielt inne und zog sich wie mechanisch zurück, die Söhne im Schlepptau. „Ihr beiden geht jetzt zum Auto, keine Widerrede! Aber merkt euch, was diese Frau von euch wollte. Das soll nicht einfach so untergehen."

Während Klara aufgewühlt ihrem Pfarrer durch die Reihen folgte, indem sie sich mit einer Hand an seinem violettem Gewand festhielt, redete sie ihm unentwegt in den Nacken. „Hier herrscht ein heilloses Durcheinander, Herr Pfarrer. Irgendjemand sollte doch mal für Ordnung sorgen. Diese Großnichte von Irma Zopf, die gerade bei mir stand, wie heißt die noch?"

Van Kerkhof murmelte etwas vor sich hin, das Klara hinter ihm nicht verstehen konnte und das schon im nächsten Moment vergessen war, weil sich aus dem Stadtkern Limburgs ein Martinshorn löste, das zunehmend lauter wurde. Ein zweites und ein drittes schlossen sich an.

„Die bringen die Spurensicherung wohl auch gleich mit!", folgerte Klara atemlos. „Jetzt warten Sie doch mal, Herr Pfarrer, wo wollen Sie denn mit mir hin? Außerdem sehen Sie aus wie ein Kakadu! Ich habe Ihnen doch schon tausendmal gesagt, dass Sie sich nicht die Haare raufen sollen."

Van Kerkhof blieb endlich stehen. Er hatte seine Haushälterin so weit vom Ort des Geschehens fortgeführt, dass sie sich nun zwischen abseits gelegenen Grabreihen ungestört unterhalten konnten. Entnervt schob er ihre Hand weg, die eifrig darum bemüht war, die Ordnung auf seinem Kopf wiederherzustellen. „Wenn ein Mord kein Grund ist, dass man sich mal die Haare raufen darf, was denn dann?", knurrte er.

„Trotzdem, Sie sind ein Mann der Öffentlichkeit, da muss man sich einfach zusammenreißen."

Wieder näherten sich ihre Finger der Frisur des Pfarrers, doch dann verharrte ihre Hand unverrichteter Dinge vor seinem Gesicht. Sie erkannte an seiner Miene, dass ihn etwas ernsthaft bedrückte, etwas, das nicht nur den Schrecken über den Fund im Grab betreffen musste. Mit zusammengekniffenen Augen und gekräuselter Stirn fragte sie einlenkend: „Was ist denn los, Herr Pfarrer? Raus mit der Sprache!. Deshalb haben Sie mich doch hierher geschleift."

Van Kerkhof nickte müde und ließ den Kopf sinken. „Die Frau im Grab ... die Tote ..."

„Sie haben sie gekannt, hab ich Recht?"
Pfarrer van Kerkhof hob den Blick. Dann schüttelte er den Kopf. „Nein, nicht gekannt. Aber die Tote …, also die noch Lebende …, also die Frau im Grab hat mich am vergangenen Sonntag nach dem Gottesdienst vor der Kirche abgefangen und mich um ein Gespräch gebeten. Sie müsse mich unbedingt unter vier Augen sprechen …"

Unbedingt! Unter vier Augen! Das ließ Klara aufhorchen. „Und? Haben Sie?"

„Was?"

„Mit ihr gesprochen!"

Abermals fuhr van Kerkhof sich mit gespreizten Fingern durch die grau melierten Haare. Dann schüttelte er den Kopf. „Ich hatte ihr für morgen einen Termin in meiner Sprechstunde zugesagt."

„Oha!", entwischte es Klara, „knapp vorbei, was?"

„Absoluut misgegaan", sagte van Kerkhof resigniert und seufzte tief.

„Na, nun haben Sie mal kein schlechtes Gewissen, Herr Pfarrer", munterte Klara ihn auf, „das muss nicht unbedingt mit ihrem Tod zusammenhängen. – Trotzdem, ein Grund mehr für uns, bei der Aufklärung zu helfen." Sie wandte sich ab, sodass van Kerkhof das unvermeidbare Blitzen in ihren Augen nicht sehen konnte, und rieb sich tatendurstig die Hände. Während ihr Blick über den Friedhof schweifte, hinüber zur schwarzen Ansammlung und wieder zurück, kam ihr etwas in den Sinn, das sie unterschwellig schon eine ganze Weile irritierte. Hier fehlte doch etwas, etwas sehr Markantes, das man nicht so einfach übersehen konnte.

„Sagen Sie, haben Sie diesen Siggi nochmal gesehen? Seit er mit der Polizei telefoniert hat, ist er wie vom Erdboden verschluckt."

„Siggi? – Ach so, Irma Zopfs Neffe Siegfried Kroll … Nein, der ist mir nicht mehr begegnet."

„Seltsam, erst kommt er zu spät, und dann verschwindet er zu früh. Finden Sie das nicht auch komisch?" Doch Klara erhielt keine Antwort. Die Martinshörner, gnadenlos laut und unrhythmisch, hatten den Friedhof erreicht und zogen alle Aufmerksamkeit auf sich.

Aus der Ferne hörten Klara und van Kerkhof die ausdrückliche Ansage der Polizei: „Keiner verlässt bitte den Friedhof! Wir brauchen Ihre Aussagen. Und das gilt für alle hier!"

„Ja, ja, wir kommen ja schon", schimpfte Klara vor sich hin und konzentrierte sich darauf, nicht über die Einfassungen der Gräber zu stolpern.

„Nun machen Sie schon, Herr Pfarrer, Sie sind hier wahrscheinlich von allen der begehrteste Zeuge! Und treten Sie sich nicht auch noch den Rest vom Saum los!" Kurz bremste sie van Kerkhof noch einmal ab. „Wie heißt sie überhaupt, die Tote? Wissen Sie das?"

„Warten Sie, ich glaube ... Beierlein, der Nachname. Wohnte lange anderswo, wo genau, weiß ich nicht mehr. Ist ... war noch nicht lange wieder in Limburg. Hat sie jedenfalls gesagt ..." Sein Stammeln zeigte Klara, wie aufgeregt er immer noch war. Doch es blieb keine Zeit mehr, sich weiter auszutauschen. Auch sie war gespannt, ob ihr Pfarrer der Polizei mehr zu sagen hatte, als sie selbst bisher wusste. Klara erinnerte sich nämlich sehr wohl an den Namen Beierlein in seinem Terminkalender, auch wenn ihr schon damals ein Gesicht dazu gefehlt hatte.

Als sie auf der anderen Seite des Friedhofs ankamen, sperrten gerade zwei Männer die Umgebung der Grabstelle weiträumig ab, sodass die Trauergesellschaft in größerem Abstand den Ort des Geschehens umkreiste. Einzig Pfarrer Tiedgen und Irmas Großnichten befanden sich innerhalb der Absperrung in einem sichtbar unangenehmem Kreuzverhör. Die zwei Frauen waren emsig bemüht, den evangelischen Pfarrer bei der Polizei anzuschwärzen.

„Sehen Sie, Herr Tiedgen? Haben wir Ihnen das nicht gleich gesagt? Niemand hat sich vom Friedhof fortzubewegen. Und Sie haben alle gebeten zu gehen. Wenn jetzt ein wichtiger Zeuge durch die Lappen gegangen ist, liegt das an Ihrer Ansage!"

Auch wenn der Mann evangelisch war, er tat Klara dennoch leid. Er stand recht verloren da und nestelte unentwegt an seinem

Hemdkragen herum. Aber wie wohltuend zu beobachten, dass die geschwätzigen beiden Frauen jetzt von einem der Polizisten zum Schweigen gebracht und wie alle anderen hinter die Absperrung dirigiert wurden!

Diese unleidlichen Geschöpfe würde Klara sich irgendwann noch einmal vorknöpfen, das war für sie längst beschlossene Sache. Die Gelegenheit dazu würde sich schon noch ergeben!

3.

Von den Farben her hätte das kleine Pfarrhaus ein Ableger der Kirche sein können, die in unmittelbarer Nachbarschaft stand. Die leicht asymmetrische Dachspitze über dem ochsenblutroten Gebälk duckte sich wie Schutz suchend unter die ausladenden Äste eines Lindenbaumes, und einem fremden Betrachter mochte sich unwillkürlich die Frage aufdrängen, wer wohl zuerst da gewesen war: der Baum oder das Häuschen.

Wenn Klara frühmorgens die Fensterläden aufstieß und sich hinauslehnte, um sie mit den gusseisernen Schnappköpfen an der Hauswand zu befestigen, wanderte ihr Blick jedes Mal über den Vorhof der Kirche, am grau beschieferten Kirchturm empor bis hinauf zu dem großen runden Zifferblatt mit den römischen Zahlen. Dann hob sie ihr Handgelenk und prüfte die Übereinstimmung der Zeit. Meist nickte sie zufrieden, weil sie sich auf ihre Armbanduhr verlassen konnte. Sie war ein Geschenk ihres Pfarrers gewesen, zu ihrem zehnten Dienstjubiläum. Mittlerweile trug sie sie seit fast fünfundzwanzig Jahren. Und genauso lange wohnten sie schon zusammen hier im Pfarrhaus.

Hinter den beiden kleinen Fenstern des Obergeschosses befanden sich ihre Schlafzimmer, die Butzenscheiben nicht allzu gut abgedichtet, sodass sich an sehr kalten Wintertagen am unteren Rand ein Hauch von Eisblumen zeigte. Überhaupt waren hier ein paar Renovierungsarbeiten notwendig, die Klara indes mehr störten als Pfarrer van Kerkhof.

Immer noch stand sie unter dem Eindruck der Beisetzung von Irma Zopf. Der abgebrochenen Beisetzung, denn die endgültige Bestattung hatte am nächsten Tag in familiärer Runde stattgefunden. Und ihr hatte man untersagt, daran teilzunehmen. Um genau zu sein, waren es Irmas Großnichten gewesen, die Pfarrer van Kerkhof verboten hatten, seine Haushälterin mitzubringen, sonst würden sie einen anderen Pfarrer beauftragen. Wie sie sich ihm gegenüber wirklich über Klara ausgelassen hatten, wollte er ihr nicht sagen. Ein wenig nahm sie ihm übel, dass er nicht wenigstens ein bisschen für ihre Anwesenheit gekämpft hatte, war sie doch bisher zu solchen Anlässen immer an seiner Seite gewesen.

Wenn sie sich aber van Kerkhofs ablehnende Blicke beim Auftritt der beiden resoluten Schwestern neulich im Altenheim vor Augen führte, konnte sie das Thema ruhen lassen. Ihr Pfarrer musste seine Erfahrungen mit diesem unmöglichen Geschwisterpaar gemacht haben.

Wichtig war, dass Irma Zopf doch noch eine würdige Bestattung erhalten hatte. Seit einer Woche ruhten ihre Gebeine in der Erde, die man für sie neu ausgelegt hatte – der Schmutz eines Mordes sollte nicht an ihrem Sarg haften bleiben.

Natürlich hatte die Polizei die erste grüne Grabmatte mitgenommen, und dass es Mord gewesen war, hatten die Medien längst in fetten Lettern bekannt gegeben. Auch, dass es aufgrund der zahlreichen Sohlenabdrücke in der Nähe des Grabes keine verwertbaren Fußspuren gab, konnte jeder nachvollziehen. Noch dazu hatte es an jenem Tag geregnet, was die Ermittlungen zusätzlich erschwerte.

Selbst in van Kerkhofs kleiner Gemeinde, die mit dem betreffenden Friedhof nichts zu tun hatte, sprach man noch jetzt über kaum etwas anderes als über die tote Frau im offenen Grab. Und weil der Polizist hier im Ort, der bei der Dienststelle in Limburg arbeitete, nicht mit Informationen herausrückte, versuchten die Leute Klara auszuhorchen, wenn sie sie beim Einkaufen trafen. Dann genoss sie es, so zu tun, als wüsste sie schon etwas mehr als der Normalbürger und endete stets mit der Aussage: „Der Herr Pfarrer und ich haben Schweigepflicht. Und die nehmen wir sehr ernst. Das liegt doch auch in Ihrem persönlichen Interesse. Oder?" Dabei schielte sie die Neugierigen über den Brillenrand hinweg forschend an und erhielt natürlich jedes Mal ein eifriges Nicken zur Antwort.

Während die Leute im Dorf mit ihrer Fantasie ausschmückten, was ihnen erzählt worden war, versuchte Klara, das Bild der Toten im Grab abzurufen. Die Polizei hatte van Kerkhof von einer offenen Wunde am seitlichen Hinterkopf berichtet, die damals für sie nicht zu sehen gewesen war. Warum nur hatte sie nicht lange genug hingeschaut, vielleicht wäre ihr noch etwas anderes aufgefallen!

Und warum hatte sich Neffe Siegfried so frühzeitig dünn gemacht? War das außer ihr überhaupt jemandem aufgefallen? Dazu das häufige Türenschlagen in der Kirche ... Hatten weit hinten beim Portal Trauergäste mit besonderer Beobachtungsgabe und gutem Erinnerungsvermögen gesessen, die man eventuell fragen konnte, ob sie etwas Ungewöhnliches bemerkt hatten?

Was Klara leider zu spät eingefallen war: Hatte am Eingang ein Kondolenzbuch ausgelegen, in das man sich eintragen und Irma Zopf mit letzten Gedanken und Wünschen bedenken konnte? Durch ihr Bemühen, einen guten Sitzplatz zu ergattern, war sie selbst blindlings in die Kirche geeilt, ohne beim Eingang nach rechts und links zu schauen.

Aber der Bestatter Rosenbaum würde ihr dazu Auskunft geben können. Es lag in seinem Aufgabenbereich, solch ein Eintragsbuch gleich beim Portal unterzubringen und es anschließend der Familie zu übergeben. Falls die Hinterbliebenen ein solches Buch gewünscht haben sollten.

Während Klara sich jetzt aus ihrem kleinen Schlafzimmerfenster beugte, um ihr Kopfkissen zu schütteln, ärgerte es sie, dass sie das Bettzeug an diesem ersten angenehm sonnigen Vorfrühlingstag nicht im Fenster auslegen konnte, ebenso das ihres Pfarrers nebenan. Die Rahmen waren zu rau und porös und die äußeren Fensterbänke nicht sauber genug.

„Diese alte Hütte aber auch!", brummelte sie vor sich hin. Sie beschloss, sich noch heute ein Notizbuch anzulegen, in dem sie all die Mängel eintragen würde, um sie dann van Kerkhof vorzulegen, damit der sich über den Stand der Dinge informieren konnte. Jawohl, er sollte sich ein Bild machen, womit seine Haushälterin sich Tag für Tag abmühte.

Als Klara jetzt ihr Kissen ordentlich auf dem Bettlaken platzierte, hielt sie inne.

Konnte es sein, dass Pfarrer Tiedgen auf dem Friedhof zuletzt so verstört gewirkt hatte, weil ihm während seines Nachrufes vorn auf der Kanzel etwas Verdächtiges aufgefallen war, das ihm erst später am Grab wieder in den Sinn kam?

„Ein Blatt!", sagte Klara zu ihrem Kopfkissen und schlug zweimal feste darauf ein. Sie kramte in ihrer Nachttischschublade, fand einen Beipackzettel und notierte auf der freien Rückseite: Wichtig! Befragen: Rosenbaum und Tiedgen.

Gleich darunter schrieb sie: Ebenfalls Neffe Siegfried!

Sagte Siggi nicht, er habe die Tote kurz zuvor noch gesehen?

Wo hatte sie gesessen und bei wem? Und wie kam man nun an den Neffen heran? Ob die vom Altenheim ihr seine Anschrift verraten würden? Auch das notierte sie auf dem Zettel, der samt Stift umgehend in ihre Schürzentasche wanderte, damit sie beides jederzeit griffbereit hatte. Klara kannte ihre blitzschnellen Einfälle, die überfielen sie in den unpassendsten Momenten.

Doch jetzt mussten andere Gedanken herbei – das Mittagessen wollte zubereitet werden, die Kartoffeln kochten schon. Außerdem musste sie noch einen Blick auf den Terminkalender für die heutige Sprechstunde werfen.

Nachdem Klara auch van Kerkhofs Schlafzimmer gelüftet und gesäubert hatte, eilte sie die enge Holztreppe hinunter. Im Haus war es vollkommen still. Wo er nur wieder herumsprang? Sie hatte eine Ahnung, schon gleich nach dem Frühstück war ihr sein lechzender Blick aus dem Küchenfenster aufgefallen. Ob er wieder seinem Laster frönte?

Sie trat aus der Haustür und ging durch den kleinen Vorgarten. Dort öffnete sie das niedrige Gartentor zur Straße hin und machte ein paar Schritte nach rechts auf die alte Linde zu. Von hier aus konnte sie sehen, was sie sehen wollte. Und sie lag mit ihrer Vermutung richtig: Am hinteren Teil der Kirche stand eine kleine Tür offen. Dort befand sich van Kerkhofs privates Heiligtum – ein winziger Anbau, der sein Handwerkszeug und die Gartengeräte beherbergte. Das schöne Wetter hatte ihn vor den Schuppen gelockt, und sie konnte den Pfarrer sehen, der ihr mit unschuldiger Miene kurz zuwinkte und dann weiter seine Arbeitsgeräte polierte, so andächtig, wie er ansonsten nur mit Kelch und Hostienschale umging.

Vermutlich würde er heute das restliche welke Laub zusammenrechen und mit der Harke die kleinen Blumenbeete im Vorgarten bearbeiten, damit seine Krokusse und Narzissen Raum und Luft hatten, aus dem Erdreich zu kriechen. Zuerst würde er jedoch das lange schmale Beet entlang des Weges zum Kirchportal säubern, weil sich dort schon jetzt die grünen Spitzen seiner Tulpen zeigten; mehrere Kisten voller Zwiebeln hatte er dort gesteckt, ein Geschenk seiner alten Freunde aus der holländischen Heimat. Zu Form und Farben der Blumen hatte er bei Klara nichts angedeutet, vielleicht wollte er sie wie auch sich selbst damit überraschen.

Auf leisen Sohlen, als hätte sie etwas zu verbergen, huschte Klara zurück ins Haus und in van Kerkhofs Arbeitszimmer. Sogleich stieg ihr der angenehme Geruch der holzvertäfelten Wände in die Nase. Hier roch es nach Büchern und Gedanken und Gesprächen. Besonders an heißen Sommertagen war es in diesem Raum gut auszuhalten, angenehm kühl, und durchs Fenster flackerte das Tageslicht, gefiltert vom Laubwerk der alten Linde.

Auf dem wuchtigen Schreibtisch, durch den schon Generationen von Holzwürmern gewandert waren, lag er, der aufgeschlagene Terminkalender van Kerkhofs.

Leider war da für 15 Uhr nur notiert „Gespräch". Sehr aufschlussreich, schimpfte Klara bei sich. Sollte sie etwa nicht wissen, wer kam? Der Pfarrer konnte sich immerhin denken, dass sie sich Informationen, die er ihr vorenthielt, schon auf ihre Weise besorgte. Ob er den Namen deshalb absichtlich weggelassen hatte? Das wäre kein schöner Zug von ihm, empörte sich Klara innerlich.

Nun, sie würde ja sehen, wer um fünfzehn Uhr vor der Haustür stand. Weil sie selbst die Tür nämlich öffnen würde! Zuvor aber wollte sie sich mit dem Mittagessen beeilen, damit ihr Pfarrer das gewohnte Schläfchen danach noch halten konnte. Und damit die Stimmung zu Klaras Gunsten für diesen Mittag erhalten blieb – seine Stimmung würde eindeutig gut sein, wenn er seinen Anbau verließ –, lief sie noch einmal nach oben und tauschte ihre graublaue Schürze gegen eine freundliche geblümte aus. Das Notizblatt und den Schreibstift versenkte sie in der mit kleinen Margeriten übersäten Bauchschürze. Dann machte sie sich summend an den Pellkartoffeln zu schaffen.

Ihr Pfarrer liebte eingelegte Heringe, und die gab es alle zwei Wochen einmal.

Ob sie ihm gleich schon im Voraus verraten sollte, was ihn zum Essen erwartete? Allerdings hatte sie nicht mehr vor, ihren Pfarrer durch einen persönlichen Besuch im Schuppen zu Tisch zu bitten. Außerdem mochte er das nicht, und sie wusste auch, warum! Als ob er glauben konnte, sein heimliches Rauchen dort hinten bliebe ihr verborgen!

4.

Punkt 15 Uhr klingelte es. Pfarrer van Kerkhof erhob sich aus dem Schreibtischsessel und trat aus seinem Büro in den kleinen Vorbau, der dem Privatbereich und dem Büro zwei separate Zugänge ermöglichte.

Aus dem Hausinnern vernahm er eilige Schritte, dann Klaras leises Fluchen – sie musste seinen Schatten schon durch die Mattglasscheibe entdeckt haben. Als sie dennoch mit Schwung die Zwischentür zum Eingangsbereich öffnete, bemühte er sich um einen autoritären Tonfall: „Das ist für mich." Und mit einem Nicken über ihren Kopf hinweg dirigierte er seine Haushälterin wieder zurück in den Hausflur.

„Aber ich darf doch wohl noch wissen, wer in meinem ... in unserem Haus ein- und ausgeht!", zischte sie aufgebracht.

Van Kerkhof sparte sich eine Antwort und öffnete. Vor der Tür stand ein junger Mann, der gerade einmal zwanzig Jahre alt sein mochte. Er machte einen gepflegten Eindruck, wenngleich Pfarrer van Kerkhof mit der Stoppelfrisur und dem dünnen Ziegenbart nichts anfangen konnte. Aber es gab Jugendliche, die viel schlimmer aussahen.

Er streckte dem jungen Mann die Rechte entgegen. „Guten Tag. Sie sind ..."

„Julian Kroll!"

Der Pfarrer bat ihn herein und wandte sich Klara zu: „Sie können jetzt gehen!"

„Aber ..." Mehr konnte Klara nicht sagen, denn van Kerkhof drehte sich um und schob den Besucher in sein Arbeitszimmer. Sofort zog er die schwere Tür zu und zeigte sich nicht beeindruckt vom verdutzten Blick seiner Haushälterin, die er damit aussperrte.

Er bot dem jungen Mann den Stuhl vor dem Schreibtisch an.

„Das ist aber eine ganz besonders Neugierige", sagte der leicht grinsend, woraufhin der Pfarrer nur eine abfällige Handbewegung machte. Als er sich ebenfalls gesetzt hatte, musterte er den jungen Mann verstohlen. Dessen Augen kreisten durch das holzgetäfelte

Zimmer und hafteten sich an einen Spruch aus van Kerkhofs holländischer Heimat: „Van het concert des levens heeft niemand een program." Es war offensichtlich, dass der Junge mit dieser Sprache wenig anfangen konnte, und ebenso unverkennbar, dass er es sich verkniff, nach dem Inhalt der Worte zu fragen. „Ich wusste gar nicht, dass Siegfried Kroll einen Sohn hat!", begann der Pfarrer das Gespräch.

„Hat er, schon seit über neunzehn Jahren. Meine Eltern sind halt geschieden, und Siggi und ich, also Papa und ich, haben uns lange Zeit aus den Augen verloren. Wie das so geht!"

„Wie das so geht", wiederholte der Pfarrer voller Bedauern.

„Hat mir aber nicht geschadet", sagte Julian. „Ist ja heute fast normal, dass sich die Alten trennen."

Pfarrer van Kerkhof beschloss, das Thema nicht weiter zu verfolgen. „Am Telefon klangen Sie etwas aufgeregt, hat Frau Wischnewski, meine Sekretärin, gesagt."

„Aufgeregt ist noch untertrieben", gab ihm Julian Recht. „Bei uns geht ganz schön was ab."

Van Kerkhof versuchte, sich auf sein Gegenüber einzustellen: „Was, bitteschön, geht denn bei Ihnen … ab?" Er ahnte, dass ihn ein ungewohntes Vokabular erwartete, und beschloss, sich ganz unvoreingenommen darauf einzulassen. Diesen jungen Leuten sollte man auf keinen Fall mit erhobenem Zeigefinger begegnen. Wie gut, dass er Klara erst einmal außen vor gelassen hatte …

„Also, ich glaube, mein Dad steckt ziemlich tief in der Patsche. Und das, obwohl er gar nichts dafür kann!"

„Das werden Sie mir gewiss näher erläutern?", sagte van Kerkhof freundlich aber bestimmt.

Julian begann, sich in seinem Stuhl zu räkeln, was für van Kerkhof ein Hinweis war, dass das, was jetzt kommen würde, ihm sehr unangenehm war. Schließlich überwand sich der junge Mann und begann zu erzählen. „Ich glaube, die wollen meinem Dad was anhängen, diese zwei dummen Kühe, die Sie von der Beerdigung kennen."

„Ich habe in und vor der Kirche keine Tiere gesehen", bemühte sich van Kerkhof, ihn nun doch auf ein gewisses sprachliches Niveau hinzuweisen.

„Na, Sie wissen schon", grinste Julian. „Diese zwei kleinen Dicken mit den blondierten Haaren!" Aus seinem Mund löste sich ein Stück seines Kaugummis, wurde zusehends größer und entlud sich mit einem solchen Knall, dass der Pfarrer augenblicklich mit dem Hereinplatzen seiner Haushälterin rechnete. Seltsamerweise blieb die Bürotür jedoch geschlossen.

Van Kerkhof konnte sich ganz auf sein Gegenüber konzentrieren und musste ein Lachen unterdrücken. Natürlich hatte er schon beim ersten Mal gewusst, von wem der junge Mann sprach. Er nahm sich vor, seinen Gast nun reden zu lassen, wie ihm der Schnabel gewachsen war.

„Sie sprechen von den Großcousinen Ihres Vaters?"

„Genau die meine ich", nickte Julian. „Widerlich, diese Tussis. Aber so was dürfen Sie als Pfarrer ja nicht sagen." Ohne seine Antwort abzuwarten, fuhr er fort: „Jedenfalls versuchen die, meinen Siggi in die Scheiße zu ziehen."

Diese Kraftausdrücke … Aber gut. „Womit? Spannen Sie mich nicht auf die Folter!"

„Okay, dann will ich mal loslegen. Aber das bleibt natürlich erst mal noch alles unter uns! Gebongt?"

Der Pfarrer gab ihm sein Wort, in der Hoffnung, dass der junge Mann nun etwas ruhiger würde und nicht mehr ständig auf seinem Stuhl hin- und herrutschte. Dieser Stuhl mit handgeschnitzten Motiven in der Rückenlehne war ein Geschenk des Bischofs gewesen und mit Sicherheit die falsche Sitzgelegenheit für den jungen Kroll.

Noch schien sich van Kerkhofs Hoffnung jedoch nicht zu bestätigen, denn Julian Kroll stützte sich jetzt mit beiden Händen an der Schreibtischkante ab und vollführte ungeniert einen Balance-Akt mit dem bischöflichen Möbelstück. „Stabil, das alte Zeug, was?"

„Dafür würde ich meine Hand nicht ins Feuer legen", nutzte

van Kerkhof die Gelegenheit, sein Mitleid für den antiken Schatz kundzutun. „Wenn Sie also bitte …"

„Bitte was?"

Van Kerkhofs Fingerzeig nach unten ließ den jungen Mann auflachen. „Ach so. Klaro. So ein renovierter Klostuhl hält wohl doch nix aus, was?" Er hob kurz den Hosenboden an und stieß einen Pfiff aus. „Wow, neu bezogen, auch noch mit Samt."

Van Kerkhof schielte hinüber zu dem kleinen Foto des Bischofs, das eingerahmt auf einem Sims stand, um dann erleichtert festzustellen, dass Julian Kroll sich anständig hingesetzt hatte. Mit seinen Albereien schien sich der Junge einstweilen noch selbst ablenken zu wollen von dem, was er auf dem Herzen hatte.

„Worum geht es denn nun genau, Julian? Ich darf Sie doch so nennen? In Anbetracht meines fortgeschrittenen Alters …"

„… bin ich noch ein Hosenscheißer, was?"

Van Kerkhof räusperte sich. „Nun ja, wenn Sie sich gerne so sehen, von mir aus." Ob das geschickt war? Aber ein klein wenig durfte er den jungen Kroll von dessen proletenhaftem Benehmen abbringen, wollte er, dass das Gespräch eine angemessene Richtung einschlug. Und er hatte ihn in der Tat am richtigen Nerv gekitzelt.

„Naja, aus dem Alter bin ich wohl doch raus", lenkte der junge Mann etwas verlegen ein. „Geht ja auch hier gar nicht um mich, sondern um Siggi."

„Was bedrückt Sie, Julian? Warum steckt er in der Patsche?", nahm der Pfarrer jetzt mit ernstem Gesicht den Faden wieder auf.

Trotz der kleinen Unterbrechungen war Julian in der Lage, ihm relativ sachlich darzustellen, was ihn ins Pfarrhaus geführt hatte: „Mein Vater konnte seine beiden Großcousinen noch nie ab, und umgekehrt war es genauso. Was da genau früher so gelaufen ist … keine Ahnung. Jedenfalls, sagt Siggi, dass sie schon immer jede Gelegenheit genutzt haben, um ihm eins reinzuwürgen." Der junge Mann schien sich an seinem Kaugummi verschluckt zu haben und hustete, als würde er persönlich gewürgt.

Pfarrer van Kerkhof seufzte und erhob sich. Ob er heute noch erfahren würde, worum es hier überhaupt ging? „Soll ich Ihnen etwas zu trinken holen?"

Mit hochrotem Kopf stieß der Junge krächzend aus. „Und ob!"

Der Pfarrer ging zur Tür und öffnete sie ruckartig. Klara geriet aus dem Gleichgewicht und wäre fast ins Zimmer gestürzt. Van Kerkhof fing sie mit beiden Händen auf, was sie statt mit Dankbarkeit mit einem entsetzten Ausruf quittierte: „Lassen Sie Ihre Finger von mir! Ich kann noch gut alleine stehen!"

Van Kerkhof trat einen Schritt zurück und verzichtete auf eine Erwiderung. „Der junge Mann möchte etwas trinken. Würden Sie uns bitte was holen?" Dann wandte er sich dem zugleich hustenden und grinsenden Julian zu: „Was darf meine Haushälterin Ihnen bringen? Sie sehen, wie aufmerksam sie ist."

Man merkte dem jungen Mann an, wie schwer es ihm fiel, nicht laut loszuprusten. „Eine Cola, wenn Sie die haben!", antwortete er mit abgewandtem Gesicht und einer Hand vor dem Mund.

„Cola haben wir hier nicht", antwortete die beleidigte Klara. „Nur Mineralwasser, Rhabarbersaft und Apfelschorle. Und Milch."

„Dann nehme ich ... hm ... ein Glas Milch. Aber nur, wenn sie eiskalt ist."

Als Klara murmelnd verschwand, nahm van Kerkhof wieder Platz und forderte Julian auf, weiterzuerzählen. Auf das kleine Zwischenspiel ging er mit keiner Silbe ein. Er kannte seine Klara und ihre Neugierde lange genug. Allerdings machte er sich jetzt schon Sorgen, denn die Folgen seiner Unverschämtheit würde er nachher sicherlich zu spüren bekommen. Wie hatte er auch nur so hämisch reagieren können, er kannte sie doch mittlerweile wie seine Westentasche!

Julian Krolls Husten hatte sich beruhigt und er fuhr fort: „Also, wo waren wir stehengeblieben ... bei den zwei dummen Fo ... Also, bei den Großcousinen meines alten Herrn. Die haben nicht nur früher versucht, ihm eins auszuwischen, sondern tun das auch heute noch." Er machte eine kleine Pause und sah van Kerkhof vielsagend an.

„Und wie habe ich das zu verstehen?", fragte der daraufhin mit hörbar drängender Stimme.

„Also", begann Julian und setzte nicht nur sich, sondern erneut den ganzen Stuhl in schaukelnde Bewegung.

Jetzt aber bitte weiter, dachte van Kerkhof, und kein Also mehr! Auch ein langmütiger alter Pfarrer verliert irgendwann die Geduld. „Und nun raus damit!"

Der unruhige Stuhl verharrte auf den Hinterbeinen. „Und lassen Sie die Schaukelei." Solche Strenge zeigte bei dem jungen Mann augenblicklich Wirkung. Er nahm auf der Stelle eine kerzengerade Haltung ein. „Man will ihm den Mord an dieser alten Tante in die Schuhe schieben."

„Sie meinen ... Sie meinen den Mord an Frau Beierlein?"

„Wenn die das ist, die da neulich im Grab lag, dann ja!"

„Aber wie kommen Sie denn darauf?" Van Kerkhof verstand nicht. Was sollte dieser vielleicht etwas ungewöhnlich aussehende, aber doch nicht unsympathische und so friedfertig wirkende Siegfried mit dem Mord zu tun haben?

Statt einer Antwort griff Julian in seine Hosentasche, zerrte zwei zusammengefaltete Zettel heraus und hielt sie dem Pfarrer hin: „Lesen Sie!"

Van Kerkhof wollte das erste Blatt gerade auseinanderfalten, als sich die Bürotür öffnete. Klara kam mit einem Tablett herein, auf dem ein Glas stand. Das wiederum verstand van Kerkhof sofort: Sie musste ihm sehr böse sein, denn sonst hätte sie ihn nicht bei den Getränken übergangen. Im selben Moment hatte er aber auch schon die Idee, wie er sein Verhalten wieder gutmachen und allem Ungemach aus dem Weg gehen konnte.

„Klara, das ist gut, dass Sie kommen! Bitte setzen Sie sich doch zu uns. Ich denke, für das, was mir der junge Mann zu erzählen hat, kann ich zwei weitere aufmerksame Ohren gut gebrauchen." Er wurde sich noch während seiner Rede bewusst, dass die gut gemeinte Aufforderung mit seinen letzten Worten zunichte war.

Und er lag richtig mit seiner Vermutung. Seine Haushälterin winkte ab. „‚Aufmerksame Ohren!' Ich kann auch wieder gehen", antwortete sie beleidigt. „Mich geht es schließlich nichts an, was hier gesprochen wird."

„Aber ich lege Wert auf Ihre Anwesenheit! Bitte setzen Sie sich zu uns!" Und zum jungen Mann gewandt sagte er: „Sie haben doch nichts dagegen, wenn meine gute Klara dabei ist? Sie hat ein feines Gespür dafür, wenn etwas Unrechtes vor sich geht, und genau das scheint ja hier der Fall zu sein."

„Klar, Klara, kein Problem, alles klaro", entgegnete Julian und genoss hörbar den Gleichklang, den er da soeben konstruiert hatte.

„Für den jungen Mann immer noch Frau Schrupp", korrigierte Klara mit derselben überdeutlichen Betonung. „Ich lass mich doch hier nicht zur Allerwelts-Klara machen", brummelte sie vor sich hin, indem sie sich langsam einen Stuhl heranzog und in gebührendem Abstand von den beiden Männern Platz nahm. „Ich habe zwar noch zu tun, aber wenn es unbedingt sein muss …"

„Es muss", setzte van Kerkhof ihrer gespielten Zurückhaltung ein Ende. „Ich darf Ihnen Julian vorstellen. Julian Kroll. Er ist der Sohn von Siegfried Kroll, dem Neffen unserer verstorbenen Freundin Irma Zopf."

„Ach, dieser Siggi hat einen Sohn?" Klara war eine schlechte Schauspielerin, was van Kerkhof umso mehr auffiel, als er doch genau wusste, dass sie vorhin an der Tür jedes Wort mitbekommen hatte.

„Er sieht dem Vater aber gar nicht ähnlich", fügte sie in einem Tonfall hinzu, der eine Erwiderung geradezu provozierte.

„Ja, Siggi und ich haben schon einen unterschiedlichen Look", übernahm Julian die Antwort und wischte sich mit dem Ärmel den Milchbart über der Oberlippe ab. „Aber gerade Sie Kirchenleute müssen doch eigentlich wissen, dass es darauf nicht ankommt. Wenn der Jesus heute noch mal auf die Welt käme, dann würde er auch als langhaariger Bombenleger beschimpft!"

Van Kerkhof freute sich insgeheim über die gelungene Zurechtweisung, die Klara soeben erfahren hatte, nahm sich aber vor, sich davon nichts anmerken zu lassen. Um möglichen Peinlichkeiten, die da kommen konnten, gleich den Boden zu entziehen, kam er zum eigentlichen Thema des Gesprächs zurück: „Warum der Sohn von Herrn Kroll heute bei uns ist, dürfte auch Sie interessieren, liebe Klara: Er sagt nämlich, dass man seinen Vater mit dem Mord an Frau Beierlein in Verbindung bringen will."

„Wie bitte?! Den Siggi?" Klara bekam den Mund nicht mehr zu. „Nie und nimmer!"

Pfarrer van Kerkhof wandte sich lächelnd an den jungen Besucher: „Da sehen Sie, Julian, wir stehen auf Ihrer Seite. Und meine Haushälterin hat Menschenkenntnis!"

Klaras Augen funkelten ihn kampfeslustig an. „Sie brauchen mir keinen Honig um den Mund zu schmieren, Herr Pfarrer, ich durchschaue schon den Grund für Ihr Getue." Van Kerkhof war klug genug, nicht darauf zu reagieren.

„Sehen Sie mal: Herr Kroll hat uns hier zwei Schreiben mitgebracht. Darf ich sie jetzt lesen?"

Julian Kroll nickte: „Dafür hab ich sie Ihnen gegeben."

Pfarrer van Kerkhof faltete den ersten Zettel auseinander, las und nahm sich nach kurzer Zeit auch den zweiten vor. Dann ließ er sich schwer in seinem Schreibtischsessel zurücksinken. „Das ist ja ... ich weiß gar nicht, was ich dazu sagen soll ..."

„Geben Sie mal her! Mit Ihrem Gestammel kann kein Mensch was anfangen."

Aufgeregt erhob sich Klara und nahm ihm die beiden Blätter aus der Hand. Sie rückte ihre Brille zurecht und las den Inhalt des ersten vor: „Diesmal kriegen wir dich am ..." Ganz kurz presste sie die Lippen gegeneinander, schöpfte Luft und wiederholte: „... kriegen wir dich am Arsch, du alter Hurensohn. Jetzt gehst du in den Bau! Und das, was beiliegt, wird morgen die Polizei in ihrem Briefkasten haben!"

Bis auf Julians erneute Schaukelaktion war es sehr still im Raum.

„Der arme Stuhl kann schon mal gar nichts dafür!", belehrte Klara den jungen Mann, ohne den Blick von dem Papierbogen zu nehmen. Sie nahm sich den zweiten Zettel vor: „Wir, Freunde der Familie Beierlein, setzen hiermit die Polizei davon in Kenntnis, dass Herr Siegfried Kroll, wohnhaft auf dem Campingplatz von Limburg, den Mord an Frau Beierlein begangen hat. Es wäre nicht das erste Mal, dass Herr Kroll nicht vor krummen Dingen zurückschreckt, aber dieses Mal ist er zu weit gegangen!"

Klara ließ den Arm mit den beiden Blättern sinken. „Wie primitiv", sagte sie leise, um dann laut auszustoßen: „Das ist Rufmord!"

„Rufmord, genau!", wiederholte der junge Kroll. Etwas leiser fügte er hinzu: „Jetzt können Sie sich denken, warum ich heute hier bin. Wie soll Papa denn mit so etwas Hinterfotzigem umgehen?"

„Seit wann haben Sie diese Schreiben?", wollte Klara wissen.

„Mein Vater hat es vor zwei Tagen bekommen. Er hatte mich direkt angerufen und ich bin noch am selben Tag mit der Bahn hergekommen, weil er voll durch den Wind war. Fast hundertfünfzig Kilometer. Sie können sich vorstellen, was mich das gekostet hat."

„Vor zwei Tagen schon ..." Pfarrer van Kerkhof raufte sich die Haare und erhielt dafür ausnahmsweise einmal keinen bösen Blick von Klara. „Und warum sind Sie erst heute gekommen? Ich meine, bei einer Drohung mit solchem Zeitdruck ..."

„Weil Ihre Vorzimmertussi mir erst für heute einen Termin gegeben hat!"

Van Kerkhof entging nicht die kleine Genugtuung, die über die Züge seiner Haushälterin glitt. Dennoch war ihr Tonfall maßregelnd, als sie sich dem Jungen zuwandte: „Halten Sie Ihr Mundwerk mal besser unter Kontrolle, mein Kleiner, Sie sind hier in einem Pfarrhaus. Sonst können Sie gern wieder gehen und Ihren Zettelkram mitnehmen!"

Van Kerkhof hielt kurz die Luft an, doch er stellte fest, dass der junge Mann erstaunlich gut auf die Zurechtweisung der Haushälterin reagierte und entschuldigend nickte. Schnell lenkte er ein: „Haben Sie meiner Sekretärin denn nicht gesagt, worum es ging und dass es Eile hat?"

Klara hatte gleich eine Erklärung parat: „Ich sag's ja immer, Herr Pfarrer: Die Frau Wischnewski ist nicht die Richtige. Trägt die Nase viel zu hoch und hält sich für was Besseres. Mir gegenüber ..."

„Wir sollten jetzt nicht über Frau Wischnewski reden", wurde sie von ihrem Chef unterbrochen, der sich nun ganz auffällig nur Julian zuwandte: „Sagen Sie, die beiden Nachrichten sind nicht unterschrieben. Haben Sie eine Ahnung, von wem sie sind?"

„Klar hab ich die: Von den beiden Bitches oder von ihren bescheuerten Zwillingen!" Julian schien sich da sehr sicher zu sein.

Klara riss die Augen auf. „Sie meinen mit Flittchen die beiden Großnichten, oder?"

Pfarrer van Kerkhof schmunzelte innerlich und er versuchte erst gar nicht, das Missverständnis aufzuklären, zumal inhaltlich ja auch kein großer Unterschied bestand.

„Wie sind diese Botschaften zu Ihrem Vater gekommen, Julian?", fragte er darum eilig, um einer Erwiderung des Jungen vorzubeugen.

„Per Facebook", antwortete Julian nur, fühlte sich aber, als er Klaras fragende Blicke sah, zu einer Erklärung genötigt: „Das ist ein soziales Netzwerk im Internet. Darüber kann man auch unter einem falschen Namen was verschicken. Das ist auch hier geschehen. Sehen Sie!"

Er zeigte auf einen Begriff, der keinen Sinn ergab.

„Das soll ein Name sein?", fragte Klara, die sich jetzt zwischen die beiden Männer drängte, um besser sehen zu können.

„Man hat ihm die Nachrichten also per Computer geschickt, von einem anonymen Absender aus", fasste van Kerkhof zusammen.

„So ist es", nickte Julian.

„Aber an die Polizei wollen ... nennen wir sie erst mal die Verfasser, es wohl mit der Post schicken, wenn ich das richtig verstehe?"

„Sie sind wirklich ein Schnellkapierer", fuhr Klara den Pfarrer an. Dieser hatte auch jetzt nicht vor, sich von der erneuten Breitseite aus der Ruhe bringen zu lassen und setzte seinen Gedankengang fort: „Wenn diejenigen, die das geschrieben haben, das per Post an die Polizei schicken wollen, dann könnte es doch sein, dass die das noch gar nicht hat? Wann haben Sie bei uns angerufen?"

„Gestern Vormittag."

„Dann war Frau Wischnewski ja doch recht zügig mit dem Termin", kommentierte der Pfarrer mit Seitenblick auf seine Haushälterin.

„Aber nicht zügig genug", fiel Klara ihm ins Wort. „In der Zeit konnte viel passieren!"

„War schon okay, wie Ihre Bürotante das gemacht hat", erstickte Julian einen möglichen Disput im Keim. „Ich hoffe ja, dass bei der Polizei noch gar nichts angekommen ist. Wenn's die feigen Ratten nicht gleich in den Briefkasten geworfen haben, dürfte vielleicht noch nichts da sein. Siggi hat allerdings voll die Panik. Hatte er übrigens schon, als er die Tote erkannt hat. Sie war mal seine Vermieterin und hat ihn aus der Wohnung geworfen. Muss ein ziemlicher Stress gewesen sein. Deshalb hat sich Papa auch bei der Beerdigung dünn gemacht, er wollte einfach nicht mit der Toten in Verbindung gebracht werden. Ich weiß nicht genau, was da in seinem Schädel vor sich gegangen ist. Irgendwie scheint er ausgetickt zu sein. So ist er halt manchmal, geistesabwesend, versponnen und vor allem gutgläubig, wie solche verkannten Künstlertypen halt nun mal sind. Hat mir erzählt, ihm sei aber unterwegs zu seinem Wohnwagen aufgegangen, wie daneben sein Abhauen war. Er hat dann sofort gewendet und ist zum Friedhof zurückgekehrt."

„Ich hab ihn aber nicht mehr gesehen!", warf Klara ein.

„Das ist nun ja auch egal", sagte der Pfarrer. „Jetzt geht es nur darum: Wie können wir Ihnen helfen?"

„‚Wie können wir Ihnen helfen!'", ahmte Klara ihn nach. „Woher soll der arme junge Mann das wissen? Fest steht nur, dass wir ihm helfen müssen! Und ich weiß auch schon wie."

Sowohl der Pfarrer als auch Julian blickten Klara erwartungsvoll an, was diese sichtlich genoss. Langsam faltete sie die Hände vor dem Leib und ließ das Kinn aufs Brustbein sinken. Während der junge Kroll sie verständnislos anstarrte, wusste van Kerkhof, dass seine Haushälterin sich in dieser Pose am besten konzentrieren konnte.

Sie erhöhte die Spannung noch, indem sie einige Momente

zögerte, bis sie ihr Kinn wieder anhob. „Wir kennen doch Holger Hartwichs, diesen Kommissar bei der Polizei hier in Limburg. Dem haben wir ja schon den ein oder anderen Gefallen getan. Erinnern Sie sich etwa nicht mehr, Herr Pfarrer? Sie gucken wieder mal aus der Wäsche, als würden Sie nur Bahnhof verstehen!"

„Ich weiß sehr wohl, wen Sie meinen", entgegnete van Kerkhof nun doch leicht genervt. „Ich habe sämtliche Kinder von Herrn Hartwichs getauft."

„Und sind bei den Taufterminen jedes Mal auf Extrawünsche eingegangen, nur damit die Verwandtschaft aus Sachsen anreisen konnte!"

Van Kerkhof erinnerte sich genau an den Streit, den er deswegen mit Klara gehabt hatte. Des jungen Mannes wegen verzichtete er aber darauf, ins Detail zu gehen, und versuchte, sich auf das Wesentliche zu beschränken: „Es ist richtig, dass Herr Hartwichs uns in dieser Sache heute einen Gefallen tun könnte. Ich denke, ich werde ihn gleich anrufen. Aber zunächst erlauben Sie mir noch eine Frage, Julian." Er sah Julian Kroll eindringlich an: „Was hat Sie bewogen, ausgerechnet zu uns zu kommen? Ich kann mich nämlich nicht erinnern, dass wir uns von früher her kennen oder uns überhaupt schon einmal begegnet sind."

„Da haben Sie völlig Recht", antworte Julian ohne Zögern. „Mir war es ehrlich gesagt auch etwas doof, in ein Pfarrhaus zu gehen und um Hilfe zu bitten. Das war nämlich Siggis Idee. Er selbst hatte zu viel Muffensausen, um herzukommen. Traut sich kaum aus seinem Wohnwagen raus. Aber er sagt, dass er Sie im Altenheim bei der Tante getroffen hat und Sie ihm wohl sympathisch waren. Sie und natürlich Ihre rechte Hand hier."

Klara winkte mit vorgeschobenem Kinn ab. „Sie müssen mich in Ihrer Lobhudelei nicht unbedingt noch mit unterbringen. Ihren Vater habe ich am Geburtstag Ihrer Tante das erste Mal gesehen, und unser einziger Kontakt an dem Tag war ein Händedruck. Jetzt wollen wir mal hübsch bei der Wahrheit bleiben, junger Mann, denn hier geht es um einiges!"

Julian Kroll hob die Schultern und senkte kurz den Blick. „Aber dass Siggi den Pfarrer mag, das stimmt. Wissen Sie, mein Vater hatte ziemlich viel Pech im Leben. Er wollte Schriftsteller werden, veröffentlichte auch ein paar Bücher, doch zum Durchbruch hat es nie gereicht. Und jetzt haust er auf einem Campingplatz und hat kaum Kontakte. Er braucht einfach jemanden, dem er wirklich vertrauen kann. Hat sich unheimlich einsam und hilflos gefühlt. Hat sogar etwas geweint ... glaube ich. Da ist er halt ... auf Sie gekommen und hat mich hierher geschickt."

Van Kerkhof beobachtete, wie sich Klara gerührt mit der Hand über die Augen fuhr. Natürlich fühlte sie sich mit angesprochen und war im Zentrum ihres Mitgefühls getroffen worden. So genau kannte der Pfarrer die gute Seele, dass er ohne Zögern in ihrem Sinne reagierte: „Da können wir nicht anders und werden helfen. Nicht wahr, meine liebe Klara?" Die nickte nur, noch immer überwältigt von ihren Gefühlen.

Pfarrer van Kerkhof ging zu seinem Schreibtisch, öffnete eine der vielen Schubladen und kam mit einem Telefonbuch zurück. Er brauchte nur kurz zu blättern.

„Hier habe ich sie, die Nummer der Polizei!" Er griff sich das tragbare Telefon, nahm das Buch in die andere Hand und ging ins Nebenzimmer, in dem zu den Öffnungszeiten des Pfarrbüros normalerweise seine Sekretärin saß. An diesem Nachmittag jedoch hatte sie einen Zahnarzttermin, wie van Kerkhof wusste.

„Sie können auch hier telefonieren", rief Klara ihm nach.

„Damit Sie mir wieder ständig dazwischen quatschen. Kommt nicht in Frage!" Schon hatte van Kerkhof die Tür hinter sich geschlossen, und es fiel Klara sichtlich schwer, einen bissigen Kommentar zu unterdrücken.

Er wusste und hörte an den Schritten auf der anderen Seite, dass seine Haushälterin jetzt scheinbar arglos an der Tür hin und her schlich, die Ohren aufgestellt wie ein Feldhase. Ausnahmsweise einmal genehmigte van Kerkhof es sich, selbst den Kopf gegen die Tür zu legen, um seine Vermutung bestätigt zu wissen.

„Normalerweise schreit er immer richtig ins Telefon, aber dieses Mal spricht er absichtlich leise, damit wir nur ja nichts hören sollen!", vernahm er ihre Stimme im Nebenraum. Solche Spitzelaktionen mussten aufhören, beschloss er gewiss zum hundersten Mal, denn damit konnte sie ihrer beider Ruf im Ernstfall arg beschädigen.

Mit seinen ungelenken Fingern tippte er drei Mal die ausgewählte Nummer ein, bis er auf den winzigen Zahlenfeldern den Anschluss der Polizei erwischte. Kurz darauf kehrte er zu den anderen beiden in sein Büro zurück.

„Fehlanzeige", sagte er nur. „Herr Hartwichs ist nicht da. Sie sagen, er ist bei einem Einsatz."

„Und jetzt? Wir können hier doch nicht tatenlos herumsitzen." Klara hatte es bei diesen Worten nicht mehr auf ihrem Stuhl gehalten. Auch Julian schien von ihrer Aufregung angesteckt zu sein, denn auch er stand auf, wirkte plötzlich schrecklich nervös: „Ich muss zu Siggi! Wer weiß, was in der Zeit, in der ich hier hocke, alles passiert ist ..."

„Nun einmal ganz mit der Ruhe", sagte van Kerkhof so energisch wie möglich. „Es nutzt überhaupt nichts, wenn wir jetzt den Kopf verlieren. Ich würde vorschlagen, wir setzen uns in mein Auto und fahren zum Campingplatz, um mit Herrn Kroll senior zu reden."

„Das ist ausnahmsweise mal eine gute Idee von Ihnen, Herr Pfarrer", meinte Klara anerkennend, und auch Julian nickte eifrig. Wie auf ein Kommando hin standen sie alle drei auf, Klara und van Kerkhof zogen rasch ihre Mäntel an, und dann fiel auch schon die schwere Tür des Pfarrhauses hinter ihnen ins Schloss.

„Haben Sie auch nicht wieder den Schlüssel vergessen?"

„Immer fragen Sie mich das, wenn wir schon durch die Tür sind. Eine Minute früher wäre sinnvoller. Aber ich kann Sie beruhigen." Triumphierend winkte van Kerkhof mit dem Schlüsselbund, sodass sich Klara eine Erwiderung sparte.

Daraufhin machte sich das Gespann auf den kurzen Fußweg zur Garage, in der der Wagen des Pfarrers untergebracht war.

5.

Schon von weitem sah man, dass das Tor offen stand.
„Haben Sie mal wieder vergessen, es zuzumachen!", moserte Klara, die sich offenbar rehabilitiert sah und deshalb eine Erklärung in Richtung ihres jungen Begleiters nachschoss: „Er fängt an zu verkalken, unser Pfarrer. Dabei ist er noch ein paar Jahre jünger als ich! Sogar seinen Kopf würde er vergessen, wenn er nicht angewachsen wäre."

Pfarrer van Kerkhof bemühte sich wie immer in solchen Situationen möglichst sachlich zu kontern: „Ich war heute früh beim Religionsunterricht in der Schule, und weil ich nachher noch zu einer Besprechung mit dem Vorsitzenden des Pfarrgemeinderates muss, habe ich das Tor einfach offen gelassen."

„Aber das ist jetzt doch egal", mischte sich Julian ungeduldig ein. „Lassen Sie uns Gas geben und sehen, dass wir zu meinem alten Herrn kommen!"

Seine Worte zeigten Wirkung, selbst Klara verzichtete auf weitere Kritik an ihrem Chef.

Es war dem Pfarrer nicht entgangen, dass Julian amüsiert grinste, als er durch die Beifahrertür auf die schmale Rückbank des Kastenwagens kletterte. Trotz einer Fehlzündung entging van Kerkhof auch nicht die abfällige Bemerkung des Mitfahrers, und er wartete schon auf Klaras Kommentar, der auch unverzüglich folgte.

„Habe ich da gerade das Wort Schrottkiste gehört? Mein lieber Junge, Sie können auch gern zu Fuß gehen. Und drücken Sie Ihre Knie nicht so in meinen Rücken."

„Ich weiß aber nicht, wo ich meine Beine ..."

„Stellen Sie sie halt schräg. Meine Güte, Sie haben doch junge Gelenke! Halten Sie mal an, Herr Pfarrer, mein Rückspiegel steht falsch."

„Wie oft denn noch, Klara? Diesen Rückspiegel brauche ich, der ist nicht für den Beifahrer gedacht."

Ein Kichern drang von der Rückbank nach vorn, und van Kerkhof, dem dieses alte Auto lieb und wert war und ohne nen-

nenswerte Defekte – im Grunde wie seine Klara –, hakte verletzt nach. „Gibt es Beanstandungen, Julian?"

„Nein, nein", kam es rasch zurück, „ich bin nur erstaunt, dass es solche Kastenwagen noch gibt. Noch dazu in diesem seltenen Kackorange. Aber Oldtimer sind ja heute beliebter denn je. Ich hab ja selbst auch so nen Zombie, aber einen zweirädrigen."

Während der Pfarrer konzentriert nach vorne schaute, schwieg auch Klara: Sollte er sein altes Auto doch gefälligst selbst verteidigen!

Sie klappte die Sonnenblende auf ihrer Seite nach unten, was eigentlich nachvollziehbar war bei dem tiefstehenden Märzlicht um diese Tageszeit, doch der Pfarrer ahnte, dass sie andere Beweggründe dafür hatte. Ob der Junge dort hinten spürte, dass sie ihn in dem kleinen eingelassenen Spiegel der Blende genau im Visier hatte? Sie würde ihn das schon noch wissen lassen, und er behielt Recht.

„Hören Sie auf, in der Nase zu popeln", sagte Klara schon im nächsten Moment. Geräuschvoll bewegte sich der Lederjackenärmel hinter ihnen – Julian hatte sich ertappt gefühlt. Wie leidenschaftlich gern seine Klara doch Gelegenheiten zum Erziehen nutzte, dachte van Kerkhof schon fast beeindruckt.

Obwohl es nur wenige Kilometer waren bis zum Campingplatz, nahm Pfarrer van Kerkhof den Weg über die Autobahn. Das war etwas weiter, aber schneller. Er zwängte sich mit seinem Wagen durch die Baustelle auf der großen Autobahnbrücke und fuhr bei der Ausfahrt Limburg/Nord auch schon wieder ab. Vorbei am Industriegebiet ging es in Richtung Elz, wo van Kerkhof dann links zum Campingplatz und Schwimmbad abbog. Dann waren sie auch schon am Ziel, dem ‚Campingplatz an der Lahn'.

„Sehen Sie, was ich sehe?!" Klara rieb sich fassungslos die Augen.

„Ich sehe, was Sie sehen", erwiderte van Kerkhof mit schwacher Stimme. „Und Herr Kroll wird es sicher auch nicht entgangen sein!"

Im Innenspiegel sah van Kerkhof, dass der junge Mann auf dem

Rücksitz mit schreckgeweiteten Augen auf die beiden Polizeiwagen starrte, die quer vor dem Eingang des Campingplatzes standen.

„Tür auf!", verlangte Julian, dessen Hand sich bereits an Klaras Sitz vorbei am Griff der Beifahrertür zu schaffen machte. Und noch während Klara sich bemühte, ihn zu bremsen: „Immer langsam, Junge, in der Ruhe liegt die Kraft ...", wurde ihr Oberkörper mitsamt der Rückenlehne des Sitzes unsanft nach vorn gekippt.

„Ich muss zu Siggi!", schrie Julian, indem er die Tür aufstieß und sich mit akrobatischen Bewegungen aus dem Auto befreite.

„Warten Sie doch! Machen Sie keine Dummheiten!", rief van Kerkhof ihm durch das geöffnete Fenster nach, doch Julian war schon um die nächste Ecke verschwunden. So rasch, wie es ihnen ihr Alter erlaubte, stiegen auch Klara und ihr Chef aus dem Wagen.

„Da waren seine Befürchtungen wohl wirklich nicht umsonst", sagte sie nur kopfschüttelnd.

„Warten wir's ab", antwortete van Kerkhof so ruhig wie möglich. „Wer weiß, warum die Polizei hier ist. Das muss ja nicht unbedingt wegen Herrn Kroll sein!"

„Sie wissen schon, dass Sie da Unsinn reden, Herr Pfarrer?"

Van Kerkhof verbiss sich auch dieses Mal wieder eine passende Antwort und ging auf den Eingang des Campingplatzes zu. Dabei vergaß er aber bewusst die ihm sonst eigene Höflichkeit, indem er gar nicht darauf achtete, ob Klara ihm nun folgte oder nicht. Hinter sich schluckte der Wind ihre Kommentare, bis auf den einen: „Hier ist man ja schon auf Sie eingestellt, da, lesen Sie doch, Herr Pfarrer!"

Van Kerkhof hatte den Banner über dem Kiosk am Eingang längst gesehen und lächelte trotz der ernsten Lage über Klaras Aufmerksamkeit. ‚Hartelyk welkom', stand da in großen Buchstaben.

„He, warten Sie, sind Sie Camper oder Besucher?", wurde van Kerkhof im Eingangsbereich angehalten. Ein Mann mit Kapuzenjacke und Schirmmütze war gerade damit beschäftigt, eine kleine Fahne in eine Halterung zu stecken; ein Zeichen, dass die Eröffnung der Saison bevorstand.

Der Mann kam auf van Kerkhof zu. Er stemmte die Hände in die Seiten und betrachtete den Pfarrer ein wenig skeptisch. „Ist momentan noch nicht viel los hier, deshalb kenne ich die Gesichter der Camper. Und Ihres ist mir fremd. Oder ... warten Sie, kennen wir uns doch?"

„Ich bin weder Camper noch Besucher", antwortete van Kerkhof. „Ich habe hier einen Notfall zu betreuen."

Inzwischen hatte die keuchende Klara ihn eingeholt, und sie fuhr den Fremden wütend an: „Wissen Sie nicht, mit wem Sie es zu tun haben? Das ist Pfarrer van Kerkhof!"

„Ach ja, wusste ich es doch! Ich kenne Sie, halt nur nicht in Zivil. Was gibt es denn?"

„Wir müssen zu einem Notfall, hat der Pfarrer doch schon gesagt!", herrschte Klara ihn an.

Trotzdem gab sich der andere, wer auch immer er sein mochte, noch nicht geschlagen: „Hat das was mit dem Besuch der Polizei zu tun?"

„Kann man so sagen", erwiderte der Pfarrer knapp. „Dürfen wir jetzt rein?"

Der Mann hob die Schultern und trat beiseite.

„Kann ich nicht leiden, wenn Leute so neugierig sind", schimpfte Klara beim Weitergehen, und van Kerkhof lachte nur still in sich hinein.

So schnell sie konnten, liefen sie in die Richtung, die Julian genommen hatte, an noch unbewohnten, abgedeckten Wohnwagen vorbei. Von weitem sahen sie einen anderen Mann, der ihnen entgegenkam. Rasch näherte er sich, so dass sie bald schon sein Gesicht erkennen konnten.

Van Kerkhof hielt inne. „Klara, ist das nicht Herr Hartwichs?"

„Ich weiß nicht, vom Schnurrbart her könnte er es sein. Aber unser Herr Hartwichs war doch nicht so dick!"

Als der Mann schließlich vor ihnen stand, wusste Pfarrer van Kerkhof, dass er sich nicht geirrt hatte. Das also war der Einsatz, den man bei seinem Anruf bei der Polizei erwähnt hatte.

„Herr Hartwichs!", rief er und ging mit ausgerecktem Arm auf ihn zu. Der Kommissar drückte die dargebotene Hand und sah van Kerkhof verwundert an: „Herr Pfarrer, was machen Sie denn hier?"

„Das hat wahrscheinlich mit dem zu tun, weswegen auch Sie hier sind!" Er erzählte kurz von Siegfried Kroll und dem Gespräch mit dessen Sohn. Als er geendet hatte, wandte sich der Kommissar Klara zu: „Nun darf ich aber erst einmal Sie begrüßen, liebe Frau Schrupp! Entschuldigen Sie, dass das nicht gleich geschehen ist." Er gab ihr die Hand und versuchte seine Nachlässigkeit mit einem Kompliment wieder gutzumachen: „Sie haben sich überhaupt nicht verändert!"

„Sie aber schon", antwortete Klara, „Sie haben zugenommen!"

Pfarrer van Kerkhof stieß sie möglichst unauffällig an, was dem Polizeibeamten aber nicht entging.

„Ja, ja, der Job und der Stress. Da kann man schon einmal ein paar Pfund zulegen", überspielte Hartwichs die peinliche Situation.

„Ein paar Pfund ist gut", ließ Klara sich nicht bremsen, so dass van Kerkhof sich gezwungen sah, ihren offensiven Charme mit einem kleinen Fußtritt zu unterbrechen.

„Warum treten Sie mich denn, Herr Pfarrer?", fuhr sie ihn daraufhin an.

„Wollten wir nicht über Herrn Kroll reden?", versuchte der Kommissar dem Gespräch eine Wende zu geben, bevor die Lage entglitt.

„Richtig! Wir sind wegen Herrn Kroll hier, und darum sollte es jetzt auch gehen!" Der Pfarrer nickte heftig und warf Klara einen bösen Blick zu, den sie offenbar verstand, denn sie schwieg einstweilen.

Van Kerkhof bat den Kommissar, ihm zu erklären, warum die Polizei hier war.

„Wir haben einen anonymen Brief erhalten, in dem Siegfried Kroll des Mordes bezichtigt wird."

„Das ist doch Quatsch!", wurde er von Klara unterbrochen.

„Der junge Mann sieht vielleicht etwas seltsam aus, aber er ist doch kein Mörder!"

„Dazu möchte ich mich nicht äußern", sagte Hartwichs ernst. „Jedenfalls müssen wir solchen Hinweisen nachgehen, zumal es diesen Mord ja nun leider wirklich gegeben hat. Außerdem …", er machte eine kleine Pause, in die es selbst Klara nicht wagte, hineinzureden, „… sind wir auf Indizien gestoßen, die uns den Verdacht, der in diesem Brief geäußert wurde, nicht als ganz und gar an den Haaren herbeigezogen erscheinen lassen."

„Was für Indizien sind das?", wollte van Kerkhof wissen und spürte, wie sein Herzschlag sich beschleunigte.

Hartwichs trat verlegen von einem Bein auf das andere. „Eigentlich darf ich Ihnen das nicht sagen. Wir dürfen Fremden keinen Einblick in den Stand der Ermittlungen geben …"

„Nun drucksen Sie doch nicht so herum!", herrschte Klara ihn an. „Damals, als es um Ihre Kindstaufe ging, hat der Pfarrer ja auch beide Augen zugedrückt und sich dafür mit dem ganzen Pastoralteam angelegt!"

„Wir wollen das hier doch nicht gegeneinander aufwiegen", bemühte sich van Kerkhof, seine Haushälterin zu bremsen. Doch hatten Klaras Worte offenbar schon ihre Wirkung gezeigt.

„Nun gut", signalisierte der Kommissar etwas zugänglicher, „ich will bei Ihnen eine Ausnahme machen: Wir haben Briefe gefunden. Briefe von Frau Beierlein, die auf eine Auseinandersetzung mit Siegfried Kroll hinweisen."

„Aber deshalb bringt man doch noch keinen um!", wurde er schon wieder von Klara unterbrochen.

„Das sicher nicht. Aber wenn Sie mich bitte einmal ausreden ließen, liebe Frau Schrupp, dann würden Sie auch erfahren, warum wir durchaus einen berechtigten Verdacht gegen Herrn Kroll haben."

Hartwichs Worte und der strenge Blick des Pfarrers bewegten Klara dazu, sich die Hand vor den Mund zu halten und kleinlaut beizugeben: „Ich sage ja schon nichts mehr."

Der Kommissar fuhr daraufhin fort, senkte aber dabei merklich die Stimme, als habe er Angst, die wenigen Campinggäste, die an diesem kalten Tag in ihren Wohnwagen ausharrten, könnten hinter den geschlossenen Fenstern hören, was er nun zu berichten hatte: „Wir haben nicht nur Briefe von Frau Beierlein gefunden, sondern auch einen von Herrn Kroll. Ob es ein Entwurf ist oder der Brief, den er letztendlich doch nicht abgeschickt hat, wissen wir nicht. Auf jeden Fall steckt er schon in einem beschrifteten Umschlag, und er spricht darin eine eindeutige Morddrohung gegen seine ehemalige Vermieterin aus."

„Frau Beierlein war seine Vermieterin?", fragte van Kerkhof und merkte noch im selben Moment, dass er seiner Haushälterin abermals einen Grund geliefert hatte, sich einzumischen.

„Jetzt konzentrieren Sie sich aber mal etwas, Herr Pfarrer, das hat uns Julian Kroll doch vorhin schon ..."

„Ist ja gut, stimmt, ich erinnere mich. Und weiter, Herr Hartwichs?"

„Also nochmal, ja, sie war jahrelang seine Vermieterin. Herr Kroll wohnte früher in einer Mietwohnung im Elternhaus der Frau Beierlein hier in Limburg. Sie konnte sich nie von dem Haus trennen, obwohl sie seit Jahrzehnten weit entfernt, in Hannover, lebte. Irgendwann muss sie ihm dann die Kündigung geschickt haben. Warum, das wissen wir im Moment noch nicht. Möglicherweise waren Zahlungsschwierigkeiten der Grund, denn ich gehe einmal davon aus, dass Herr Kroll nach Beendigung des Mietverhältnisses nicht ganz freiwillig auf einen Campingplatz gezogen ist." Hartwichs sog schwer die kühle Luft ein: „Das ist alles, was ich Ihnen zum gegenwärtigen Zeitpunkt sagen kann. Und den größten Hinweis hat Siegfried Kroll uns schließlich selbst geliefert: Er ist kurz vor unserem Eintreffen getürmt, das haben uns die Nachbarn bestätigt. Zumindest ist er nicht mehr da, und die Tür seines Wohnwagens steht offen. Eben wie nach einem überstürzten Aufbruch. Sollte es einen Computer oder einen Laptop gegeben haben, so hat er sich jedoch die Zeit genommen, den noch zu schnappen und mit auf die Flucht zu nehmen. Wie auch immer, mehr habe ich nicht zu erzählen. Ich bitte Sie nur um äußerste Diskretion, denn die Probleme, die ich bekäme, wenn meine Vorgesetzten erfahren würden, was ich Ihnen soeben erzählt habe, möchte ich mir im Moment nicht ausmalen!"

„Sie können mit unserer Verschwiegenheit rechnen", versprach der Pfarrer feierlich, und selbst Klara nickte zustimmend.

„Sagen Sie uns nur noch eins: Wir sind mit dem Sohn Ihres Verdächtigen hierher gekommen. Ist er Ihnen vielleicht begegnet?"

„Ja, der wird gerade beim Wohnwagen vernommen. Er ist an mir vorbeigelaufen, dort hinten in der Nähe der Hecke. Eigentlich hätten Sie ihn bis hierher hören müssen. Der Junge war ganz außer sich und brüllte nur, dass sein Vater kein Mörder sei. Das hätten nur diese ... Pissnelken zu verantworten. Das sind nicht meine, sondern seine Worte."

„Sie wissen schon, von wem er gesprochen hat?" Van Kerkhof wollte sichergehen, dass es hier keine Missverständnisse gab.

Hartwichs nickte: „Ich bin ja gerade auf dem Weg zu den beiden Damen."

„Das wird auch allerhöchste Zeit", regte sich Klara auf. „Wer so etwas anrichtet, muss es mit der Polizei zu tun bekommen!"

Der Pfarrer entnahm ihrem Ton, dass es für sie bereits beschlossene Sache war, wer hinter diesen Schriften steckte, und bevor seine Klara sich wieder in einem Gefühlsausbruch entlud und allzu überstürzt äußerte, schlug er vor: „Ich finde, wir sollten Herrn Hartwichs dann auch nicht mehr länger aufhalten und ihn seine Arbeit machen lassen. – Wir dürfen doch zum Wohnwagen von Herrn Kroll und einen Blick hineinwerfen?", wandte er sich an den Polizisten. „Nur mal sehen, wie er hier lebt."

Hartwichs zögerte, bevor er sich entschied. „Einen Blick, von mir aus. Aber fassen Sie nichts an. Die Kollegen haben zwar schon alles durchsucht, aber es können sich immer nochmal Fragen auftun, denen wir da drinnen nachgehen müssen."

„Klara und ich werden nichts anrühren, das verspreche ich Ihnen!"

Van Kerkhof ließ sich von Hartwichs noch beschreiben, wie

sie zu Siegfried Krolls Behausung kamen, dann verabschiedeten sie sich und machten sich auf den Weg.

Unterwegs zeterte Klara in einem fort, und van Kerkhof hatte in diesem Fall großes Verständnis für sie. Die gute Seele konnte Ungerechtigkeiten nicht ertragen, und dass hier eine vorlag, war ihnen beiden klar. Ihre Menschenkenntnis musste sie schon arg im Stich gelassen haben, wenn sie sich in der Person des Siegfried Kroll so sehr getäuscht haben sollten.

Ein paar Minuten später hatten sie den schmalen Weg zum Wohnwagen erreicht. Zwei Polizisten in Uniform standen davor – und Julian Kroll, der aufgeregt auf sie einredete.

„Und Sie haben bestimmt kein Handy, über das Sie mit Ihrem Vater in Kontakt treten können?", vernahmen Klara und der Pfarrer, als sie näherkamen. Sie hörten, wie der Junge die Beamten entrüstet anfuhr. „Müsste ich dann hier nach ihm suchen und mich von Ihnen ausquetschen lassen?! Ich habe Ihnen doch schon zweimal gesagt, dass ich mein Handy im Zug verloren habe!"

Er tat Klara leid, und sie versuchte, die Atmosphäre um seinetwillen aufzulockern.

„Das macht man aber nicht – zwei älteren Leuten einfach so wegrennen!", rief sie ihm zu. Erst jetzt nahm der junge Mann sie und den Pfarrer wahr.

„Wenn's um Ihren Vater gegangen wäre, dann hätten Sie sich sicher auch beeilt", sagte er. „Ich wusste es doch: Die zwei Miststücke haben erreicht, was Sie wollten!"

Van Kerkhof nahm ihn zur Seite und raunte ihm zu: „Da nutzt es aber nichts, wenn Sie hier durchdrehen. Ich hoffe, Sie haben die Polizei nicht beleidigt?"

„Kein Spur. Ich weiß ja schließlich, wie man sich der Bullerei gegenüber verhält."

Der Pfarrer atmete erleichtert auf: „Dann ist es gut. Sie und Ihr Vater können nicht noch mehr Ärger gebrauchen. Apropos Ihr Vater: Haben Sie eine Ahnung, wo er sein könnte?"

Julian zuckte mit den Schultern: „Keinen Schimmer. Ich hoffe nur, dass er jetzt keine Scheiße baut!"

Klara war inzwischen auf die beiden Polizisten zugegangen. „Stehen Sie hier Wache?", fragte sie streng.

„Es kann ja sein, dass unser Mann wiederkommt", gab ihr der jüngere ausweichend zur Antwort.

„Wir sollen uns ein bisschen im Wohnwagen umsehen", log Klara. „Sie haben doch nichts dagegen?"

Verwundert fuhr sich der Polizist über die Stirn: „Wer sagt das? Und wer sind Sie überhaupt?"

„Ich bin Pfarrer Willem van Kerkhof", schaltete sich Klaras Chef ein, der inzwischen herangekommen war. „Und das hier ist Frau Schrupp, meine Haushälterin und rechte Hand."

„Und deshalb sollen wir Sie jetzt da hinein lassen?", fragte nun überheblich lachend der zweite Polizist. „Da könnte ja jeder kommen!"

„Aber nicht jeder wurde von Kommissar Hartwichs geschickt", erwiderte Klara forsch. „Wie ich schon sagte, wir sollen uns in seinem Auftrag hier umsehen!"

Pfarrer van Kerkhof beschloss, für einen Augenblick alles zu vergessen, was die Bibel ihn gelehrt hatte, und pflichtete Klara bei: „Ja, wir haben ihn eben getroffen. Und er meinte, weil wir Herrn Kroll gut kennen, fällt uns vielleicht etwas auf, das Ihnen möglicherweise entgangen ist."

Die beiden Polizisten warfen sich fragende Blicke zu und schienen mit sich zu ringen.

„Sie wissen schon, dass Sie hier einen Pfarrer vor sich haben? Und dem wollen Sie doch sicher keine Lüge unterstellen", sagte Klara scharf.

Diese Worte verfehlten ihre Wirkung nicht, sodass der ältere Polizist schließlich einlenkte: „Nun gut, wenn der Chef es sagt, dann dürfen Sie rein. Aber nur ganz kurz und nur Sie beide. Der junge Mann bleibt hier. Und auf keinen Fall etwas anfassen! Die Kollegen werden den Wohnwagen nachher nämlich noch einmal genauer durchsuchen."

„Machen wir nicht", versprach Klara und kletterte schon durch die enge Eingangstür. Den Versuch van Kerkhofs, ihr mit sanftem

Schieben die Stufen hinauf zu helfen, wehrte sie energisch ab. „Lassen Sie das, Herr Pfarrer. Ich schaffe das ganz allein!"

Im engen Durchgang des Wohnwagens blieben sie stehen. „Nun gehen Sie doch mal aus dem Licht", zischte sie den jungen Polizisten an, der ihnen argwöhnisch nachgekommen war. Als er widerstrebend den Wohnwagen verlassen hatte, sahen sie sich um. Alles war viel aufgeräumter, als Klara erwartet hatte. Sie stützte sich auf die kleine Spüle, in der verkrustete Messer und eingetrocknete Kaffeebecher standen. Einen kleinen Topf führte Klara zu ihrer Nase und schnupperte hinein.

„Nichts anfassen, hat der Polizist doch gesagt!", flüsterte van Kerkhof ihr zu. Statt einer Antwort zeigte sie nur den Vogel in Richtung des Beamten vor der Tür und ging dann prüfend auf und ab. Sie öffnete hier und da eine Klapptür, hob unordentlich gestapelte Kleidungsstücke an und streckte ihren Kopf kurz in die winzige Waschkabine. „So ein Schmutzfink. Zahnpastaspuren von einer ganzen Woche", stellte sie angewidert fest. Der Pfarrer drehte sich mit angehaltener Luft zur Tür um. „Seien Sie doch wenigstens etwas leiser", raunte er Klara in den Nacken. Doch das Abwinken seiner Haushälterin ließ ihn resignieren. Wozu machte er sich die Mühe, sie zu bremsen? Hier hatte sie die Gelegenheit, der Wahrheit näher zu kommen, und im Moment waren sie alleine im Wohnwagen. Was scherten sie da seine Zurechtweisungen?

„Eine wackelige Angelegenheit ist das, so ein Wohnwagen", kommentierte sie soeben mit dem Kopf im Besenschrank. „Da wird man noch seekrank."

„So etwas muss man lieben", gab van Kerkhof lächelnd zur Antwort.

„Euch Holländern macht das ja nichts. Ihr seid ja nur deshalb immer mit euren Wohnwagen unterwegs, weil es euch zu Hause nicht gefällt!"

„Wir sind eben ein reiselustiges Volk."

„Das wäre nichts für mich." Klara sah sich weiter um und schüttelte nur immer wieder den Kopf: „Wie eng das ist. An den Tisch kann man sich ja kaum setzen. Außerdem liegt der voller Pa-

pierkram. Den haben die Polizisten ja ordentlich durchgewühlt."
Ihr Blick wanderte in den hinteren Teil des Wohnwagens. „Auf dem Bett da scheint ein bisschen Platz zu sein." Schon machte sie zwei Schritte darauf zu und ließ sich schwer zwischen den Kleiderstapeln auf die mehrteilige Matratze sinken.

„Aber ..." Weiter kam van Kerkhof nicht.

„Oh, oh, mein Kreislauf", stöhnte Klara und lieferte damit einen triftigen Grund, warum sie das Verbot der Polizisten übergangen hatte und nun rücklings auf dem Bett des Verdächtigen zu liegen kam.

„Klara? Klara! Geht es Ihnen nicht gut?" Van Kerkhof erschrak heftig. Ausgerechnet hier im Wohnwagen musste so etwas passieren! In der letzten Zeit machte er sich immer wieder Sorgen um seine Haushälterin, die er trotz und manchmal auch wegen all ihrer Ecken und Kanten sehr schätzte. Was würde sein, wenn er sie einmal nicht mehr hatte? Die Momente, in denen sie schwächelte, schienen sich zu häufen, was auch immer der Grund dafür sein mochte.

„Lassen Sie mich nur eine Minute in Ruhe hier liegen und durchatmen", bat Klara mit schwacher Stimme. „Gehen Sie und unterhalten sich mit dem Polizisten. Es braucht niemand zu sehen, dass ich mich schlecht fühle. Ich merke schon, dass es gleich wieder besser ist."

Angesichts ihres Zustands wagte van Kerkhof nicht zu widersprechen. Er kehrte Klara den Rücken zu und baute sich in der kleinen Eingangstür auf, sprach die Polizisten draußen an: „Schöne ruhige Lage, nicht wahr? – Was wird so ein Stellplatz wohl kosten? – Es wird sich hier bestimmt sehr bald füllen, jetzt, zum Beginn der Saison. – Gibt es hier eigentlich einen Kiosk oder dergleichen? – Bestimmt kann man dort vorn an der Lahn auch angeln?"

Hinter sich vernahm der Pfarrer ein Poltern, dann wackelte kurz der Wohnwagen. Er drehte sich um und sah Klara im Gang, die ihren Mantel zurechtzog.

„Und, fühlen Sie sich besser?", fragte er besorgt.

„Ja, geht schon wieder", antwortete sie zu seiner Beruhigung. Im Eingang tauchte der Polizist auf: „Und, fündig geworden?"

„Keine Spur", sagte van Kerkhof. „Aber jetzt wissen wir wenigstens, wie es bei Herrn Kroll zu Hause aussieht." Er ging zur Tür und kletterte hinaus. Es dauerte nicht lange, bis Klara ihm nachkam.

„Geben Sie mir die Hand, meine Liebe", sagte er hilfsbereit.

„Ich bin nicht Ihre Liebe", antwortete sie wenig freundlich. „Ich bin Ihre Haushälterin. Und nehmen Sie Ihren Arm da weg, der ist mir im Weg!"

Van Kerkhof verdrehte die Augen und fühlte den Polizisten gegenüber eine leichte Scham in sich aufsteigen. Als fürsorglichen Trottel sollte sie ihn in der Öffentlichkeit keinesfalls hinstellen. „Sie müssen nämlich wissen, dass Frau Schrupp seit einiger Zeit mit dem Kreislauf zu tun hat", erklärte van Kerkhof den Männern in Uniform und erhielt darauf abermals einen Rüffel: „Was geht es die denn an, welche Zipperlein ich habe?"

Wie so oft hielt der Pfarrer auch jetzt Schweigen für die beste Antwort und ließ das Grinsen der beiden Polizisten stumm über sich ergehen. Er verabschiedete sich höflich, wobei ihm natürlich wichtig war zu erfragen, ob sie Julian Kroll denn wieder mitnehmen durften.

„Ich sehe da kein Problem", sagte der ältere Polizist, der offenbar der ranghöhere war. „Der junge Mann hat sich ganz anständig benommen, und ein wenig Aufregung ist in dieser Situation völlig normal."

Da Julian ebenfalls keine Lust zeigte, beim Wohnwagen zu bleiben, schloss er sich Klara und van Kerkhof ohne Widerrede an.

„Siggi kommt eh so bald nicht wieder her", sagte er, als sie außer Hörweite waren. „Der hat ganz bestimmt viel zu viel Schiss, dass die Bullen ihm hier auflauern."

Minutenlang gingen sie schweigend nebeneinander her. Jeder von ihnen hing seinen Gedanken nach, die vom Ernst der Situation geprägt waren. Nur in Klaras Gesicht glaubte der Pfarrer hin und wieder den Ansatz eines spitzbübischen Lächelns auszumachen. Er kannte sie gut genug, um zu wissen, dass sich hinter ihrem so bemüht gleichgültigen Gesichtsausdruck etwas verbarg, was sie nicht mehr lange zurückhalten konnte. Doch er wusste auch, dass es keinen Sinn hatte, Klara auf seine Beobachtung anzusprechen, denn sie selbst würde den Zeitpunkt bestimmen, zu dem sie ihren Trumpf aus dem Ärmel zog. Und er sollte Recht behalten: Kaum wollten sie ins Auto steigen, war es so weit.

„Bleiben Sie noch einen Augenblick stehen, Herr Pfarrer", sagte sie und versuchte nicht mehr, ein siegessicheres Lächeln zu unterdrücken.

„Was gibt's?", fragte er bemüht belanglos.

„Erstmal gibt es da zwei verschiedene Socken an ihren Füßen. Ist mir vorhin im Wohnwagen aufgefallen. Sie sollen Ihre Wäsche nicht aus dem Korb fischen, sondern sich aus Ihrer Schublade bedienen. Wozu sitze ich denn stundenlang da und sortiere?!"

„Und ... zweitens?", wagte van Kerkhof einen Vorstoß.

„Einsteigen", befahl Klara knapp. Im Innern des Kastenwagens öffnete sie ihre Handtasche und zog ein Kuvert heraus.

„Ich möchte Ihnen beiden etwas vorlesen", sagte sie triumphierend. „Die alte Klara ist im Wohnwagen nämlich doch fündig geworden!"

„Wie das?"

„Nun machen Sie den Mund wieder zu, Herr Pfarrer! Und Sie, mein lieber Julian, brauchen auch nicht so dämlich zu gucken!"

„Aber was haben Sie da?", wollte der junge Mann wissen.

„Nach was sieht es denn aus?" Klara genoss den Moment und wedelte mit dem Brief in der Luft umher. Dann stöhnte sie: „Oh, oh, mein Kreislauf ...", und lachte über ihre eigenen Laute. „Haben Sie mir das ernsthaft abgenommen, diese Kreislaufschwäche an so einem spannenden Ort? Meine Ruhe wollte ich haben. Als Frau weiß ich schließlich, wo man Geheimnisse versteckt: Zwischen den Matratzen nämlich. Ich musste auch gar nicht lange in der Ritze herumtasten, bis ich auf das hier stieß." Erneut wedelte sie mit dem Brief.

„Sie wissen aber doch, dass wir nichts anfassen durften?"

„Ach was, dummes Zeug!" Mit einer lässigen Handbewegung schob sie den Einwand des Pfarrers zur Seite. „Manchmal lässt auch der liebe Gott die Fünf mal gerade sein!"

„Aber Sie wissen noch gar nicht, ob der gestohlene Brief überhaupt von Bedeutung ist."

„Für wie dumm halten Sie mich, Herr Pfarrer? Natürlich habe ich hineingeschaut, und zwar, als Sie mit dem Polizisten geplaudert haben. Und das wenige, was ich überflogen habe, war aufschlussreich genug."

Angesichts von so viel Raffinesse begann van Kerkhof, sich die Haare zu raufen. „Das hätte ich Ihnen nicht zugetraut", sagte er nur.

„Jetzt lassen Sie mal Ihre Flusen in Ruhe!", fuhr Klara ihn an.

„Können wir nun vielleicht endlich mal erfahren, was in dem Brief steht?", meldete sich Julian von der Rückbank energisch zu Wort.

„Aber sehr gerne!" Genüsslich angelte Klara ein Schreiben aus dem offenen Kuvert, das sie sorgfältig auseinander faltete. Ohne Eile rückte sie ihre Brille zurecht und las, wobei sie genau darauf achtete, dass ihr keiner der beiden Männer über die Schulter sehen konnte: „Mein lieber Siegfried! Ich weiß, dass du nicht immer Glück gehabt hast im Leben. Ich weiß auch, dass dein Geldbeutel meistens leer ist. Deshalb möchte ich dir heute wenigstens einen Teil deiner Sorgen nehmen und dir mitteilen, dass du einmal mein gesamtes Vermögen erben sollst. Das ist nicht wenig, denn ich konnte immer gut leben und habe viel gespart. Das Geld, das du erben wirst, reicht, damit du ein angenehmes Leben führen kannst, und ich weiß ja, dass du dich deshalb trotzdem nicht auf die faule Haut legen wirst. Ich möchte, dass du es bekommst, und nicht andere, die nur immer dann zu mir kommen, wenn sie etwas von mir wollen. Ich habe dich immer sehr gemocht, mein lieber Siegfried, und weil du dich ein Leben lang um deine Eltern und um mich gekümmert hast, ist es mir wichtig, dass nach meinem Tod für dich gesorgt ist. Deine Tante Irma."

Klara ließ den Brief sinken und sah die beiden Männer triumphierend an: „Und, was sagen Sie jetzt?"

„Ich bin platt!", brachte Julian hervor. „Dann haben wir ja bald richtig Kohle!"

Pfarrer van Kerkhof, der persönlich weniger betroffen war als der junge Mann hinter ihm, schwieg einen Augenblick, um dann den Gedanken zu formulieren, der ihm gerade gekommen war: „Das ist alles schön und gut, aber was bedeutet das nun für diesen Fall? Wie können wir Herrn Kroll mit unserem Wissen helfen, jetzt, wo die Polizei hinter ihm her ist?"

Klara schlug sich mit der Hand an die Stirne: „Sie verstehen auch gar nichts, Herr Pfarrer! Wozu sollte es denn jemand, der ein Vermögen erben wird, nötig haben, eine Frau umzubringen, nur weil sie ihn aus der Wohnung geworfen hat? Der wusste doch schon lange vor der Beerdigung, dass er sich nach dem Tod seiner Tante um Geld keine Sorgen mehr zu machen brauchte!"

Der Pfarrer fuhr sich durch die Haare und wurde dafür ausnahmsweise sogar nicht einmal gerügt. „Das scheint mir einzuleuchten", gab er nach einer kleinen Pause zur Antwort. „Was meinen Sie, Julian?"

„Eigentlich hat Frau Schrupp Recht", überlegte Julian Kroll laut. „Ich weiß nur nicht, welche Bedeutung der anonyme Brief der zwei Bitches für die Polizei hat! Am Ende finden sie noch irgendein anderes Motiv, das sie Siggi anhängen können."

„Wir selbst wissen jetzt jedenfalls zu hundert Prozent, dass Ihr Vater es nicht war", beendete Klara diese Spekulationen.

„Und warum ist Herr Kroll vor der Polizei geflohen?" Die Frage van Kerkhofs vermochte Klara nicht im Geringsten zu erschüttern: „Weil er den Kopf verloren hat, weil er nicht klar denken konnte in dem Moment, als er gesehen hat, dass Polizeiautos am Campingplatz vorgefahren waren. Was weiß ich? Jedenfalls nicht, weil er ein Mörder ist!"

„Das könnte natürlich so gewesen sein." Der Pfarrer wiegte den Kopf hin und her. „Nur hat er sich mit seiner Flucht keinen Gefallen getan."

„Männer eben!", beendete Klara die Diskussion.

Van Kerkhof schlug vor, zurück zum Pfarrhaus zu fahren, um bei einer Tasse Kaffee zu beratschlagen, was nun weiter zu tun sei. Sogar Klara stimmte dem zu: „Und dann werden wir schon einen Weg finden, wie wir dem armen Siggi aus der Patsche helfen!"

Der Pfarrer warf den Wagen an. Wenn er ehrlich war und einmal von dem kleinen Diebstahl absah, musste er zugeben, dass er gerade ziemlich stolz war auf seine Klara.

6.

Draußen dämmerte es bereits, als sie zu dritt am Küchentisch im Pfarrhaus saßen und Klaras belegte Schnittchen verzehrten.

Fasziniert sah Klara zu, wie der junge Kroll sich regelrecht vollstopfte. Manchmal schob er eine Viertelbrotscheibe quer in den Mund und fixierte dabei schon die nächste Schnitte. Etwas bessere Essmanieren sollte man in seinem Alter schon haben, dachte Klara, doch zum einen erfreute sie der Appetit des Jungen und zum anderen rechnete sie es ihm hoch an, dass er erst nach ihrem dritten ‚Amen' zugegriffen hatte. Um das zu verfolgen, hatte Klara ausnahmsweise während ihres Tischgebetes die Augen einmal offen gehalten.

Als Julian Kroll jetzt zufrieden rülpste, schmunzelte Pfarrer van Kerkhof vor sich hin, dann hob er den Blick. „Fassen wir also zusammen, was wir wissen", sagte er mit jenem gemütlichen Tonfall, der Klara in solch ungewissen Situationen rasend machte.

„Und auch das, was wir nicht wissen", ergänzte sie barsch.

„Auch das", gab van Kerkhof ihr Recht. „Aber zuvor sollten wir uns Papier und Stift bereitlegen."

Solche versteckten Aufforderungen mochte Klara schon mal gar nicht. „Richtig, das sollten wir", wiederholte sie deshalb nur und verschränkte die Arme vor der Brust.

Der Pfarrer schenkte ihr einen ergebenen Blick und bat zaghaft: „Würden Sie uns etwas zu schreiben holen?"

„Wenn Sie mich darum bitten, warum nicht?" Klara erhob sich und lief hinüber ins Büro, um mit einem großen Ringbuch wieder zurückzukehren.

„Bitte nicht das! Da schreibe ich doch die ganze Woche immer meine Gedanken für die Predigt hinein. Wir haben doch bestimmt ganz normales Schreibpapier."

„Haben wir. Da, bitte sehr." Klara reichte ihrem Chef einen handtellergroßen, zitronengelben Notizklotz. „Dürfte für zwei Spalten zwar etwas klein sein, aber wie Sie wünschen."

Seufzend schob van Kerkhof den Papierwürfel beiseite und öffnete sein in Leder eingeschlagenes Arbeitsheft. „Ein Frühstücksbrettchen, bitte", forderte er, ohne aufzusehen.

„Da stehen Teller", erwiderte Klara.

„Bitte geben Sie mir ein Frühstücksbrett!", wiederholte der Pfarrer. Klara verstand: Ihr Chef war entnervt und an einem Punkt angelangt, an dem er keine Diskussionen mehr zuließ, nicht einmal mit ihr!

Wortlos legte sie ein Holzbrettchen auf den Tisch, um zu beobachten, wie er dieses vertikal auf eine freie Seite des Schreibblocks legte und mithilfe der Brettkante eine Linie zog.

Ein Lineal hätte es auch getan, dachte Klara, doch sie war froh, dass er überhaupt mitdachte und sie nicht erneut ins Büro geschickt hatte. Eilig räumte sie den Esstisch ab und fuhr mit einem feuchten Tuch über die karierte Wachsdecke. Dann wischte sie ihre Hände an der Schürze ab und hätte sich im Eifer beinahe neben ihren Stuhl gesetzt, wenn Julian Kroll nicht „Stopp, aufpassen!" gerufen hätte.

Für einen Moment taumelte Klara rückwärts, konnte jedoch schnell ihre Haltung wieder stabilisieren. Dem Himmel sei Dank!, dachte sie mit Hitzewallungen im ganzen Körper, dies hätte eine Steißbeinprellung, wenn nicht gar einen Oberschenkelhalsbruch zur Folge haben können. Dann wäre sie zum Liegen gekommen und wie sie beide sich in dem Fall hier im Pfarrhaus dann über Wasser halten würden, das wüsste nur der liebe Gott allein.

„Alles in Ordnung, Klara? Wieder Ihr Kreislauf? Oder wo sind Sie mit Ihren Gedanken?"

„Es geht mir gut! Ich überlege gerade, was wir in unsere Spalten schreiben", gab diese nicht ganz der Wahrheit gemäß zur Antwort.

„Dann lassen Sie uns auch endlich anfangen. Was also wissen wir?", fragte der Pfarrer mit schläfriger Miene.

„Wir wissen, dass mein Vater unschuldig ist!", stieß der junge Kroll aus. „Und dass die zwei Tussis …"

„Moment, so geht das nicht!", warf Klara ein. „Etwas systematischer müssen wir schon vorgehen."

Ihr Chef gähnte ausgiebig, und ausnahmsweise schluckte Klara das leidliche „Hand vor den Mund!" herunter, sagte stattdessen: „Wir können es uns aber nicht leisten, jetzt schon schlappzumachen, Herr Pfarrer."

„Sie haben gut reden. Sie müssen ja nachher nicht noch auf die Pfarrgemeinderats-Sitzung."

Klara starrte ihn an. „Sie etwa? Davon weiß ich gar nichts!"

„Natürlich wissen Sie das, Klara. Erstens kennen Sie meinen Terminkalender besser als ich selbst und außerdem habe ich Ihnen das vorhin schon gesagt."

„Sie haben vielleicht gedacht, dass Sie mir das gesagt haben. Aber das haben Sie nun mal nicht!" Die Verärgerung über seine Behauptung spürte Klara bis hinauf in die Haarspitzen. Wo sollte das noch enden, wenn der Mann schon jetzt Anzeichen einer Demenz zeigte? Diese Vorstellung war für Klara ebenso besorgniserregend wie die Angst vor eigenen Gebrechen.

„Hat er Ihnen gesagt", mischte sich der junge Kroll ein. „Ich hab's selbst gehört."

„Dummes Gerede, was Sie da gehört haben wollen …"

„Das stimmt aber, Klara", unterbrach der Junge sie voller Überzeugung.

„Frau Schrupp!", erinnerte Klara.

„Was? Ach so. Jedenfalls, Frau Schrupp, hat der Pfarrer im Auto beim Losfahren gesagt, er wäre in der Schule zum Religionsunterricht gewesen und hätte die Garage offengelassen, weil er heute noch zu irgendeiner Sitzung müsste."

Jetzt dämmerte es auch Klara. „Solche wichtigen Termine erwähnt man auch nicht beiläufig. Sie hätten mir das schon klar und deutlich mitteilen müssen, Herr Pfarrer."

„Regen Sie sich nicht auf, Klara, Sie müssen ja nicht dorthin, sondern ich. Und jetzt bitte Fakten auf den Tisch!" Seine Ungeduld war nicht überhörbar, so dass Klara und Julian Kroll sich augenblicklich aufrecht setzten, um sich zu sammeln.

„Linke Spalte – ein Plus obenhin! Und rechts ein Minus", dirigierte Klara.

„Nein, ich mache da links lieber ein Ausrufezeichen. Und über die rechte Spalte ein Fragezeichen."

„Na, von mir aus", lenkte Klara ein, der es plötzlich nicht mehr schnell genug ging, sich ein Bild von all den bekannten Fakten machen zu können. Sie schöpfte Atem und war nicht mehr zu halten. „Schreiben Sie also bei Ausrufezeichen: Beisetzung Irma Zopf. Eine Tote in ihrem Grab. Mord. Sehr verdächtig erst einmal Siggis frühes Verschwinden. Kam aber später wieder zurück. Tote Beierlein war seine ehemalige Vermieterin. Hat Streit gegeben, angeblich wegen Zahlungsschwierigkeiten und Kündigung der Wohnung. Vor zwei Tagen erhält Siggi selbst eine Drohung von den beiden Groß ... na gut, also erst mal besser von Unbekannt. Darin wird er übel beschimpft und bei der Polizei angeschwärzt als Mordverdächtiger. Polizei will ihn auf Campingplatz aufsuchen. Er flieht. Polizei findet in Wohnwagen Brief beziehungsweise Entwurf eines Briefes mit Morddrohung an Vermieterin Beierlein, ob abgeschickt, ist noch fraglich. Entlastet wird Siggi vom Brief mit Erbversprechen seiner Tante Irma Zopf. Kein offensichtliches Tatmotiv mehr, da dem Verdächtigen zum Zeitpunkt des Todes seiner Vermieterin das große Erbe schon bekannt war und ein Mord an Frau Beierlein von seiner Seite aus keinen Sinn mehr ergeben hätte. Vom Erbversprechen der Tante weiß aber die Polizei noch nichts. Sohn von Siggi berichtet, dass Großcousinen seinen Vater früher schon in die Pfanne gehauen ..., nein, schreiben Sie nicht Pfanne, sondern ..." Erst jetzt nahm Klara Notiz von den zwei andächtig lauschenden Gesichtern ihr gegenüber.

„Was ist los? Haben Sie etwa nicht mitgeschrieben, Herr Pfarrer?!"

„Wie denn, Klara, so ganz ohne Punkt und Komma und Luft dazwischen."

„Ja", bestätigte Julian Kroll, „das waren, ich würde mal sagen, hundertzwanzig Stundenkilometer. War aber nicht schlecht sortiert. – Würde ich mal sagen."

„Wenn Sie dann vielleicht mal was gesagt hätten!", ärgerte sich

Klara. „Jetzt kann ich alles nochmal diktieren. Hoffentlich kriege ich die Reihenfolge wieder so hin. – Hach, Männer aber auch!"

Es dauerte eine Viertelstunde, bis die linke Seite der Tabelle mit allen bekannten Tatsachen gefüllt war. Nachdem Klara geendet hatte, schielte sie zu van Kerkhofs Block hinüber. „Was schreiben Sie denn da noch auf? Ich habe doch gar nichts mehr diktiert." Sie sah ihrem Pfarrer an, dass er nur ungern darauf antwortete. Doch er schien sich einen Ruck zu geben.

„Nun gut, das war eigentlich mehr ein Gesichtspunkt nur für uns beide, aber warum sollte Julian das nicht auch wissen dürfen? – Ich habe vermerkt, dass die Tote kurz vor dem Mord um einen dringenden Termin bei mir gebeten hatte."

„Hey, das ist ja irre!", rief Julian Kroll so laut, dass es von der Küchentür widerhallte.

„Was wollte die denn?"

„Wenn wir das mal gut wüssten", sagte van Kerkhof leise. „Zu dem Termin ist es leider nicht mehr gekommen. Das bleibt aber unter uns, Julian. Überhaupt sollten wir unsere eigenen Ermittlungen betreiben. In die Akten der Polizei werden wir ohnehin keinen Einblick nehmen können, und mit Auskünften sind sie dort sehr sparsam."

„Verschrobene Beamte sind das!", entfuhr es Klara. „Deshalb werden die auch keine Informationen von uns bekommen. Aber ich habe das Gefühl, dass wir alleine sowieso besser vorankommen. – Dann lassen Sie uns jetzt die Spalte mit dem Fragezeichen ausfüllen."

Van Kerkhof rieb sich das Handgelenk. „Will jemand von Ihnen weiterschreiben?"

Zwei Mal Kopfschütteln, dazu die Anmerkung von Klara: „Sie sind hier der Bürokrat. Außerdem ist es Ihr persönlicher Block. Sie sagen doch immer, da hat niemand dranzugehen. Aber ich diktiere gern weiter."

„Das glaube ich Ihnen auf der Stelle!", seufzte der Pfarrer.

Klara war zufrieden, dass sie erneut Wortführerin sein durfte, andernfalls hätte sie wieder einmal häufig dazwischenreden müssen. So begann sie mit kräftiger Stimme: „Rechte Seite also: Was hatte die Tote Beierlein auf der Trauerfeier von Irma Zopf zu suchen? Angeblich hatte Siggi sie kurz vor ihrem Tod noch gesehen. – Reißen Sie doch mal ein Blatt vom Notizklotz ab und schreiben Sie darauf: Termin Klara auf dem Friedhof."

„Was? Wozu?"

„Dazu! Jetzt schreiben Sie es auf. Nicht nur Sie haben Termine, auch Ihre Haushälterin hat ihre Bedürfnisse." Das darauffolgende Kichern des jungen Kroll wusste Klara nicht einzuordnen. So überging sie das kindische Gelächter und fuhr mit ihrem Diktat fort: „Wer genau hat die Anschuldigung gegen Siegfried Kroll verfasst und per Computer an ihn verschickt? Vielleicht nur ein übler Scherz oder eine böswillige Beschuldigung oder gar ein Trittbrettfahrer, der um den Familienzwist der Krollsippe weiß ..."

„Ich hab Ihnen doch gesagt, von wem die verdammten Zettel kommen!", schnaubte Julian Kroll wütend. „Das waren eindeutig diese beiden Schlampen ..."

„Langsam, Julian." Van Kerkhof hatte seine Hand auf den Arm des Jungen gelegt. „Wir wollen Antworten, keine unsicheren Anklagen. Natürlich liegt ihre Vermutung nahe, das leuchtet auch uns ein. Aber wir sollten uns, solange wir nichts hundertprozentig Genaues wissen, mit Wut und Hass und Verdächtigungen zurückhalten. Wir suchen die Wahrheit, Julian. Gerade hier im Pfarrhaus müssen wir mit gutem Beispiel vorangehen, und das nicht nur, weil der Papst gerade das ‚Jahr der Barmherzigkeit' ausgerufen hat."

„Jetzt kommen Sie mir nicht noch mit dem Papst!", wehrte der Junge ab. „Hier geht es nicht um Barmherzigkeit, sondern um Gerechtigkeit. Für meinen Vater!"

Klara deutete auf den Block und sagte schlicht: „Schreiben Sie: Wo ist Siegfried Kroll?"

Klara fragte sich, ob der junge Kroll mit einem Mal so nervös war, weil er sich um seinen Vater sorgte, oder begann sein Stuhl zu schaukeln, weil etwas anderes dahinter steckte?

„Was gibt es denn? Unruhige Beine? Oder haben Sie unserer Frageliste noch etwas hinzuzufügen?" Sie bedachte ihn mit einem so forschenden Blick, dass er wie am Nachmittag auf den Hinterbeinen seines Stuhles verharrte und an Klara vorbeisah.

Dann schien er sich zu überwinden und stotterte: „Schreiben Sie ... vielleicht noch in die Spalte mit den Fragen: Wo soll ... Julian Kroll heute Nacht schlafen?"

Klara sah den Pfarrer an und der Pfarrer sah Klara an.

„Im Wohnwagen?", fragten sie gleichzeitig.

„Nie im Leben geh ich da alleine rein! Ich lasse mir doch von den zwei Schwachmatikern kein Feuer unter den Hintern legen!" Julian Kroll schüttelte wild den Kopf.

„Mit Schwachmatiker meinen Sie jetzt aber nicht wieder die beiden Großcousinen Ihres Vaters?", fragte van Kerkhof mit jenem Schalk in den Augen, den außer Klara niemand zu deuten vermochte.

„Die kriminellen Zwillinge meine ich. Denen traue ich fast alles zu. Wenn die herausfinden, dass ich, besonders ich, der verhasste Großgroßcousin, alleine im Wohnwagen bin, dann zündeln die, hundertpro! Und lachen sich kaputt, wenn das Ding in die Luft fliegt."

Klara wiegte den Kopf hin und her. „Nein, dass es solchen Hass innerhalb von Familien gibt ..." murmelte sie ungläubig. „Liebe deinen Nächsten wie dich selbst. Und dabei ist mit dem Nächsten sogar der Fremde gemeint, der Nachbar, wer auch immer. Aber Blutsverwandte untereinander ... da darf es doch so etwas gar nicht geben. Meine Güte, da hält man zusammen! Da ist man gemeinsam stark und darf sich doch nicht auf diese gemeine Art gegen einen Einzelnen verbünden ..."

Van Kerkhofs Stimme unterbrach Klaras Monolog. „Die nächste Predigt schreiben Sie, liebe Klara. – Aber jetzt zu Julians Frage: Wo soll er heute Nacht schlafen?"

Augenblicklich war Klara wieder völlig geistesgegenwärtig. „Bei uns im Pfarrhaus kann nur jemand schlafen, der den Leitspruch der katholischen Kirche lebt. Und da wir das Jahr der ..."

„Ist ja gut", sagte Julian Kroll, „ich kann auch barmherzig sein. Im Schlaf sowieso."

„Und ich auch", gewann Klaras großes Herz wieder die Oberhand. „Und das sogar, wenn ich wach bin. Deshalb: Sie sind herzlich bei uns willkommen!"

„Da sehen Sie mal, Herr Kroll", sagte der Pfarrer mit wohlwollendem Blick auf seine Haushälterin. Weil ihr der nicht entging, versuchte Klara abzulenken und rieb sich die Hände. „Zuerst: Wann ist Ihre Sitzung, Herr Pfarrer? Sie müssen sich noch umziehen. Nein, keine Widerrede, Ihr Hemd ist bekleckert. Sie haben sich wieder keine Serviette in den Kragen gesteckt. Und da, unter dem dritten Knopf, klebt Senf. Das werde ich wieder einsprühen müssen ... Und Sie, Herr Kroll, können sich gleich mal das Sofa in der Kammer selbst beziehen."

„In welcher Kammer denn?", fragte van Kerkhof, der ebenfalls von seinem Stuhl aufgestanden war und zu Klaras Leidwesen mit der Serviette an seinem Hemd herumwischte.

„In der Rumpelkammer."

„Da haben wir ein Sofa?" Diese Frage war sein voller Ernst, erkannte Klara an seinem Gesicht. Und sie stemmte die Hände in die Seiten und nahm die Gelegenheit auf der Stelle wahr: „Ich sage schon seit Jahren, dass wir dort oben ausmisten müssen. Das Sofa ist vollgeräumt mit Bücherkisten und Nippes und altem Firlefanz. Wenn der Herr Kroll also hier übernachten will, muss das Zeug vom Sofa runter!"

Tief berührt registrierte Klara auf den Zügen des jungen Mannes die Erleichterung: Er war wohl bereit, alles zu tun, wenn er nur nicht im Wohnwagen seines geflohenen Vaters schlafen musste.

7.

Der schwache Schimmer der Straßenlaterne unter der alten Linde drang durch den Gardinenspalt in Klaras Schlafstube. Sie hatte auf die gewohnte Verdunklung der Fensterläden verzichtet, weil mit ihnen zugleich die Geräusche von draußen ausgesperrt wurden, auch die eines auslaufenden Automotors. Der Pfarrer war immer noch nicht zurück von seiner Sitzung und sie wollte seine Rückkehr auf keinen Fall verpassen. Die Neuigkeiten von dort wollte sie unbedingt noch heute erfahren, damit sie morgen mit demselben Wissen aufwachte wie ihr Chef.

Im Moment beschäftigte Klara jedoch etwas anderes. Ihr siebter Sinn wollte ihr immerzu mitteilen, dass der junge Wilde in der Kammer gegenüber ihnen etwas Wesentliches vorenthielt. Gefährlich war er nicht, der Geißbart. Ein unreifes Früchtchen, das seine Emotionen noch längst nicht unter Kontrolle hatte.

Ob er schon eingeschlafen war? Halb zehn sei doch nicht seine Schlafenszeit, hatte er gemeckert und sich draußen noch ein wenig die Füße vertreten. Danach hatte Klara ihm Beschäftigung verschaffen wollen und ihn zur Bücherwand ins Pfarrbüro geführt. Eine Viertelstunde hatte sie ihm dort drinnen Zeit gegeben, um sich danach nur abfällige Kommentare zu ihrem literarischen Gut einzuhandeln. Schließlich hatte sie sich überwunden und den Karton mit van Kerkhofs alten Comicheften geöffnet.

„Wer soll denn mit den Steinzeit-Hieroglyphen was anfangen können?!", hatte er auch hierbei gemotzt und sich letztendlich doch mit der holländischen Lektüre beschäftigt.

„Na sehen Sie", hatte Klara es sich nicht verkneifen können zu äußern, „wir sind hier auch auf Kinder eingestellt." Ob dieses große Kind schon schlief?

Ein seltsames Geräusch ließ sie im Bett hochfahren. Sie stützte sich auf die Ellbogen und legte den Kopf schief. Da war es wieder, dieses Klappern in unregelmäßigen Abständen!

Ihre Hand legte sich auf die Stelle über ihrem Herzen. Es schlug schnell und laut wie lange nicht mehr. Sie drehte sich auf die Seite und knipste die Nachttischlampe an.

Klara wusste, sie würde der Ursache dieses Geräusches nachgehen müssen, sonst wäre kein Schlaf für diese Nacht mehr möglich. So schlug sie die schwere Federdecke zurück und rappelte sich auf die Beine. In ihrem gesteppten hellblauen Morgenmantel und mit Filzpuschen schlich sie aus ihrem Zimmer in den kleinen Flur hinaus. Dort setzte sie ihre Brille auf und fragte sich, ob sie den Jungen als Unterstützung mitnehmen sollte. Eindeutig kam das Klappern von draußen, sie würde das Haus also verlassen müssen.

Die Scharniere der Rumpelkammer quietschten in der nächtlichen Stille erschreckend laut. Im Schein der Flurlampe sah sie nur die Haarstoppeln des Jungen und hörte seinen gleichmäßigen Atem. Nein, man holte solche Halbwüchsigen am besten nicht aus dem Tiefschlaf, wer wusste, wie sie darauf reagierten …

Dass aber auch der Pfarrer noch nicht zurück war! Sie würde ein ernstes Wort mit dem Vorsitzenden des Pfarrgemeinderates wechseln müssen – einen alten Mann um den Schlaf zu bringen, war einfach nur unverschämt. Dass ihrem Chef etwas passiert sein könnte, wollte Klara sich gar nicht erst vorstellen.

Konzentriert stahl sie sich die durchgetretenen Stufen der Holztreppe hinunter. Ohne ein paar notwendige Reparaturen würde es nicht mehr lange dauern, bis hier einer von ihnen seine Rolle vorwärts schlug …

Unten angekommen, schloss sie erst die innere Tür auf, dann entriegelte sie die äußere Haustür. Erleichtert stellte sie fest, dass ein Wind aufgezogen war. Der allein würde verantwortlich für die Geräusche sein. Eigentlich konnte sie damit warten, bis der Pfarrer nach Hause kam, denn einzig seiner Schusseligkeit war es zuzuschreiben, dass dort hinten bei der Kirche etwas klapperte. Das Garagentor hatte er heute ja auch nicht zugemacht. Nur war es zu riskant, die Tür des Handwerksschuppens weiter offenstehen zu lassen, weil man von dort aus auch ins Innere der Kirche gelangen konnte, sollte ihr vergesslicher Pfarrer auch diesen Schlüssel nicht umgedreht und abgezogen haben. Klara seufzte und schlang den

Morgenmantel fest um ihren Körper. Im Licht der Straßenlaterne schlurfte sie am Haus vorbei, über den Kiesweg entlang der kleinen Kirche, und bereute es, für den rückwärtigen Teil der Anlage keine Taschenlampe mitgenommen zu haben. Der kalte Wind blies ihr zwischen den Beinen hindurch, sie würde sich nachher im Haus sofort eine Wärmflasche machen. Gleich vor ihr schlug die hölzerne Tür des Anbaus auf und zu.

Klaras Hand tastete im Innern nach links, bis sie den Schalter fand. Es war nur eine nackte Glühbirne, die hier Licht spendete. Aber sie offenbarte immerhin so viel, dass Klara das leere Schlüsselloch der Kirchentür erkennen konnte, und zur Sicherheit wollte sie auch noch einmal überprüfen, ob nicht nur der Schlüssel herausgezogen, sondern auch wirklich abgeschlossen war. Vorsichtig setzte sie einen Fuß vor den anderen – es könnten sich Nägel oder scharfkantige Teile auf dem Boden des Schuppens befinden, die sich durch die dünnen Sohlen ihrer Hausschuhe drückten. Nicht auszumalen, welches Handycap allein ein verletzter Fuß bedeuten würde … Sie ging die wenigen Meter durch den Schuppen zurück und umfasste die Türklinke. Im selben Moment raschelte es in der Ecke neben ihr. Bitte keine Mäuse, dachte Klara nur.

„Ihr kleinen Biester, bleibt ja, wo ihr seid!", warnte sie die vermeintlichen Eindringlinge.

Doch dann stutzte sie, wagte es noch nicht, genauer hinzusehen, und doch wusste sie augenblicklich, dass die beiden Teile, die da zwischen Rasenmäher und Mulchgerät herausragten, fremde Stiefel waren.

Wieder begann ihr Herz zu hämmern. Solche Situationen waren eindeutig zu heftig für ihr altes Pumporgan, und doch überwand sie sich und griff nach dem Besenstiel, um die von der Decke baumelnde Glühbirne zum Pendeln zu bringen. Hin und her flackerten die vierzig Watt, beleuchteten mal die Seite mit den Werkzeugen, dann wieder die Stiefel, die sich langsam zurückzogen.

Klara stand wie angewurzelt da. „Wer ist hier?", hörte sie sich selbst fragen, obwohl eine kleine Ahnung in ihr aufstieg.

Leise drang es aus der Ecke hervor: „Ich bin's, Siegfried Kroll."

Auch wenn sie mit einer Antwort hätte rechnen müssen, ließ Klara die männliche Stimme in der Dunkelheit zusammenfahren. Sie stieß einen kurzen Schrei aus, fasste sich an die Kehle und umklammerte den Besenstiel fester. In ihr kämpften Schrecken und Wut gegen Erleichterung, und es war Letztere, die siegte und Klaras Sinne sogleich wieder schärfte. „Sieh an, der flüchtige Siegfried Kroll! – Und Sie meinen, dieser Schuppen wäre Ihre Rettung? Oder besser gesagt, wir wären Ihre Rettung?"

„Naja, ich dachte halt …"

Klaras Augen hatten sich jetzt an die Dunkelheit gewöhnt und das Bild des Mannes, der da auf dem Boden kauerte, wurde klarer. Er schlotterte und seine Zähne schlugen aufeinander. Nicht mal eine Decke hat er, fuhr es Klara durch den Sinn, er ist so arm wie eine Kirchenmaus, außerdem ist er unschuldig!

„Kommen Sie wenigstens mal auf die Beine, damit wir uns beim Reden anschauen können!", forderte sie ihn dennoch vorwurfsvoll auf.

Erneut raschelte es. „Warten Sie … Ich war fest eingeschlafen. Fliehen macht müde", stieß er kraftlos aus.

„Dann kann ich davon ausgehen, dass Sie die Tür nicht absichtlich haben schlagen lassen, um jemanden herzulocken?", wollte Klara unbedingt erfahren.

„Eine Tür hat geschlagen? Ich habe nichts mitbekommen. Als ich irgendwann hier saß, bin ich auf der Stelle weg gewesen. Ich weiß nicht mal, wie lange ich geschlafen habe. Wollte mich einfach nur noch in Sicherheit bringen und ausruhen. Ist es schon Morgen?"

„Es ist später Abend, nach halb elf."

Jetzt hatte Siggi sich ganz aufgerichtet und die Glühbirne ließ nach Klaras Empfinden über seiner verfilzten Haartracht eine Art Heiligenschein entstehen.

Sogleich rügte sie ihre Fantasie und wandte kurz den Blick ab. „Woher wissen Sie eigentlich von unserem Anbau?", fiel es ihr mit einem Mal ein. Das eigentümliche Gefühl von Skepsis machte sich in ihr breit. „Gab es vielleicht … einen privaten Hinweis?"

Siggi nickte verhalten und zog etwas aus seiner Hosentasche, das er Klara unter die Augen hielt.

„Ah ja, ein Telefon, verstehe", sagte sie nur, weil sie so ganz doch noch nicht begriff. Den Polizisten auf dem Campingplatz hatte Siggis Sohn Julian noch versichert, dass er selbst kein Handy besaß und ebenso wenig eine Nummer seines Vaters wisse. Aber Klara hatte ihn an diesem Abend eine ganze Weile alleine im Büro des Pfarrers gelassen, damit er sich in Ruhe ein Buch aussuchen konnte …

„Kann es sein", fragte sie mit gesenktem Haupt und aufgerichtetem Blick über den oberen Brillenrand hinweg, „dass ich auf dem Display unseres Telefons Ihre Nummer entdecke?" Wie auch immer man das macht, fügte Klara in Gedanken hinzu. Sie wusste nur, dass van Kerkhofs Sekretärin diese technischen Spielereien benutzte.

Siggi senkte ebenfalls den Kopf und nickte. „Wenn Julian sie nicht gelöscht hat, dann ja."

„Und die Schuppentür war offen, als Sie ankamen?", bohrte Klara trocken weiter. Doch sie winkte von selbst ab. „Verstehe." Der Bub hatte sich unbedingt nach seinem Aufenthalt im Büro noch draußen die Füße vertreten wollen, bevor er sich in seine Rumpelkammer zurückzog. Klara wusste genug.

„Und wie stellen Sie sich das jetzt weiter vor? Wir decken immerhin einen polizeilich gesuchten Flüchtigen, wenn wir Sie bei uns aufnehmen. Das kann üble Konsequenzen für den Herrn Pfarrer haben. Wollen Sie das?"

Siegfried Kroll schüttelte sich überzeugend. „War ja auch nur für diese eine Nacht gedacht", erklärte er hastig.

Klara schob den Mann ein Stück zurück, damit sein Gesicht besser beleuchtet wurde. Die Augen eines Menschen verrieten mehr als sein Mund, das hatten viele Jahre an Lebenserfahrung Klara gelehrt. Deshalb fragte sie jetzt geradeheraus: „Wie kann es sein, dass ein großer, starker Mann wie Sie durch solche primitiven Anschuldigungen auf zwei Zettelchen so panisch reagiert, dass er sofort seinen Sohn herberuft, damit der für ihn um Hilfe in einem Pfarrhaus bittet? Sie hätten Ihre Großcousinen doch einfach damit konfrontieren und ihnen mal richtig die Meinung geigen können. Warum geben Sie den beiden so viel Macht über sich?"

Siggi senkte den Kopf. „Weil sie sich die einfach nehmen. Seit sie gemerkt haben, dass Tante Irma und ich ein enges Verhältnis haben ... hatten, also seitdem sind sie spinnefeind mit mir. Haben mich schon einmal fast in den Knast gebracht. Nur, weil ich versucht hatte, ein paar Cannabis-Pflänzchen großzuziehen. Haben mich damals angezeigt wegen Dealerei und ich bin tagelang verhört worden. Hiermit, also mit dem Mord an der Beierlein, könnten sie's wirklich schaffen, mich fertigzumachen. Auf so eine Gelegenheit haben die doch nur gewartet. Vermutlich haben sie sich bei anderen Mietern im Haus über mich erkundigt, und als Tante Irma immer mehr abgebaut hatte, war der verhasste Siggi erst recht im Weg."

Klara nickte seinen Worten nach, dann sagte sie nüchtern: „Das mit den Cannabis-Pflanzen erzählen Sie aber auch dem Herrn Pfarrer! Da wird er nicht begeistert sein, auch wenn er als Holländer einen besseren Draht zu Drogen hat als ich." Klara räusperte sich. „Was ich eigentlich sagen will: Es könnte gut sein, dass Sie in seinen Augen nun kein unbeschriebenes Blatt mehr sind."

„Bin ich ja für die Polizei auch nicht mehr. Genau das ist ja die Absicht meiner Verwandtschaft!"

Draußen knirschte der Kies und ein Motor erstarb.

„Da kommt er!", jubelte Klara. „Endlich ist er da! – Gehen Sie von hinten durch den Garten, ich öffne Ihnen die Terrassentür. Vor dem Haus muss niemand Sie sehen."

Mit kurzen, eiligen Schritten huschte Klara an der Kirche vorbei zur Garage. Van Kerkhof erschrak heftig, als sie aus dem Dunkeln in ihrem Morgenmantel neben dem gerade geschlossenen Tor auftauchte. Er taumelte rückwärts und ließ seine Aktentasche sinken.

„Keine Zeit für Fragen, Herr Pfarrer. Kommen Sie rasch mit ins Haus. – Nein, Still jetzt! Es gibt etwas zu besprechen."

„Was? Jetzt noch? Und dafür lauern Sie mir im Dunklen neben

der Garage auf: Dann muss es wahrhaftig etwas Wichtiges sein. Aber ich warne Sie vor: Mein Kopf ist voll bis zum Überlaufen."

„Das, was wir bereden werden, muss aber noch hineinpassen. Wir haben nämlich Besuch!" Während Klara an ihm vorbeilief zur Haustür, hörte sie hinter sich das ratlose Murmeln ihres Chefs. Er tat ihr schon ein wenig leid, doch hier musste er heute Abend noch durch!

„Wie gut, dass Sie gerade heimkommen, das passt ausgezeichnet. Ich habe mich doch tatsächlich ausgesperrt", raunte Klara ihm über die Maßen freundlich zu. „Und jetzt wollen Sie sicher wissen, wer gekommen ist, nicht wahr? Er steht hinterm Haus an der Terrassentür."

Der Pfarrer hielt inne, dann weiteten sich seine Augen. „Wollen Sie mir damit sagen, dass es der Vater von …"

Klara schnitt ihm das Wort ab. „Nicht so laut!", zischte sie, „wer soll es denn sonst sein? Außer ihm und dem Pfarrgemeinderat liegt doch jeder vernünftige Mensch um diese Zeit im Bett!"

Zum Glück war er zu müde, um über vergessene Schlüssel zu diskutieren, dachte Klara erleichtert. Trotzdem würde sie ihn auf ihre Weise hellwach machen müssen.

Der Tee war schwarz und stark – van Kerkhof hatte bereits rote Kreise auf den Wangen. Ihr Gespräch am großen Tisch war in vollem Gange. Klara hatte darauf bestanden, dass auch der Junge dabei war.

„Lassen Sie den Burschen doch schlafen", hatte der Pfarrer mitleidsvoll gesagt.

„Wer sich Besuch einlädt, hat auch daheim zu sein, wenn er kommt", lautete Klaras Meinung. Und sie hatte Siggi selbst hinauf in die Rumpelkammer geschickt, damit er seinen Sohn wecken und ihn beruhigen konnte, dass auch er sich in Sicherheit befand.

„Bei uns im Pfarrhaus können Sie natürlich nicht bleiben, Siggi", beschloss Klara nun für alle. „Und was ist überhaupt mit Ihnen, Julian? Werden Sie eventuell auch vermisst?"

„Von keinem. Hab mich krank gemeldet im Betrieb", lautete die bündige Antwort des jungen Kroll.

Rasch nahm Siggi den Faden auf: „Der Betrieb ist eine Lehrstelle in einer Autoschlosserei. Julian hat einen toleranten Meister, der wird ihn in Frieden lassen, bis er von selbst wiederkommt. Und seine Mutter, also meine Ex, ist auf einem mehrtägigen Seminar zur Selbstfindung, wie mein Sohn mir erzählt hat."

„Das ist gut zu wissen", stellte Klara für sich fest. „Sagen Sie …"

„Darf ich auch einmal zu Wort kommen?", fragte der Pfarrer ebenso höflich wie vorwurfsvoll.

„Na, von mir aus. Aber wenn möglich, nicht so ausschweifend", gestand ihm Klara zu.

„Dann entspricht also alles, was wir gerade besprochen haben, der Wahrheit?", wandte sich van Kerkhof an Siggi. „Gut, dann hätte ich noch eine Frage: Warum, glauben Sie, war die Tote, Frau Beierlein, auf der Beisetzung Ihrer Tante?"

Siggi hob resigniert die Schultern und schickte einen kurzen Blick hinüber zu Klara. „Ich dachte, sie sei wegen mir gekommen. Ich kam ja recht spät in die Kirche, sagte ja noch zu Ihnen, dass man gewissen Leuten nicht unbedingt begegnen müsse, Sie erinnern sich bestimmt, Frau Schrupp?"

Klara nickte ihm hochkonzentriert zu und schwieg.

„Damit hatte ich nicht nur die liebe Verwandtschaft gemeint, sondern auch die Beierlein. Denn eigentlich war ich schon sehr früh bei der Kirche, wollte mir in aller Ruhe die Stelle ansehen, wo Tante Irma beerdigt wird. Doch durchs Tor kam ich gar nicht erst, denn da stand sie, meine ehemalige Vermieterin. Bevor sie mich aber entdecken konnte, hab ich mich lieber verdünnisiert und bin nochmal eine Runde in der Gegend herumgelaufen."

„Ah ja, wen wundert's. Abhauen scheint ein besonderes Talent von Ihnen zu sein!", sagte Klara mit keckem Augenaufschlag, sodass Siggi errötete und seine Lider senkte. „Als ich sie dort habe stehen sehen, dachte ich wirklich, sie hätte vor, mich ans Messer zu liefern. Mich schlecht zu machen und bloßzustellen, womöglich noch vor meinen Großcousinen."

„Und? Hätte sie einen Grund dafür gehabt?", fragte der Pfarrer mit prüfender Miene.

„Naja, ich habe ihr vor einiger Zeit was Dummes auf dem Anrufbeantworter hinterlassen. Sie hatte mir aber auch dermaßen zugesetzt wegen meiner Mietrückstände … Ich wollte ihr zuerst meine wütende Botschaft per Brief schicken, hatte sogar schon einen aufgesetzt, habe ihr dann aber doch lieber auf Band gesprochen. Damit konnte ich mich irgendwie besser entladen."

„Stimmt, der Brief im Wohnwagen, davon wissen wir. Aber jetzt zum Band, und zwar genau das, was Sie gesagt haben! Und lassen Sie sich nicht dauernd die Fäden einzeln aus der Nase ziehen!", drängte Klara.

„Ich hab ihr halt gesagt, dass sie mich endlich in Ruhe lassen soll und sie ihr Geld schon irgendwann bekommt, dass ich mich aber nicht beschimpfen und aus der Wohnung werfen lassen würde wie ein kleiner dummer Junge."

„Das wird nicht alles sein, vermute ich." Klara wippte vor und zurück und hielt ihr Ohr abwartend in Siggis Richtung.

„Na, hab ihr halt noch gesagt, wenn sie mir wirklich kündigt, würde ich ihr die Gurgel umdrehen, schneller als sie schlucken könnte. Und dass ich sie finden würde, egal, wo sie wäre. – Ich hatte halt gedacht, so ein bisschen Angst machen würde sie aufhalten mit ihrem Rauswurf. – Meine Güte, was hat diese Person mir schon alles an den Kopf geworfen. Da müsste ich schon dreimal tot sein."

„Aber auf Band sind wohl nur Ihre Drohungen, vermute ich. Und die wird die Polizei jetzt wahrscheinlich auf dem Anrufbeantworter bei der Toten zuhause finden", folgerte Klara.

Siggi nickte verzweifelt und spielte nervös mit seinen Zöpfen. Klara betrachtete ihn mit gerunzelter Stirn. „Das Gestrüpp auf Ihrem Kopf hilft Ihnen jetzt auch nicht weiter. Aber jetzt lassen Sie mich mal nachdenken. Heute ist Freitag. Morgen Abend und am Sonntag hat der Herr Pfarrer einen Gottesdienst zu halten. Dafür hat er aber seine Predigt noch nicht geschrieben. All das benötigt Zeit, und Sie beide werden sich so lange alleine beschäftigen müssen. Verhalten Sie sich still und unauffällig, und wenn es an der Haustür klingelt, dann lösen Sie sich gefälligst sofort in Luft auf!"

Niemand sagte etwas. Klara stellte fest, dass alle auf ihren Mund schauten.

„Was ist? Ich bin fertig."

„Im Ernst?", fragte van Kerkhof. Klara nickte wortlos, dann klatschte sie mehrmals in die Hände. „Ich sehe, alle sind einverstanden. Die zwei Kroll-Herren wandern jetzt bitte eine Treppe höher in die Rumpelkammer und gute Nacht. Und dass sich übers Wochenende ja niemand von Ihnen außerhalb des Hauses blicken lässt!"

„Bis Montag?", wollte Julian entsetzt wissen.

„Richtig, bis am Montag. Dann wissen wir bestimmt, wie wir weiter vorgehen. Es gibt genug zu essen hier und ein Bett haben Sie auch."

„Ein Bett, Sie sagen es. Wir sind aber zwei."

„Dann schlafen Sie abwechselnd oder wie die Löffel in der Schublade!" Klaras Tonfall ließ kein Veto mehr zu, und sie blickte zufrieden den beiden Männern hinterher, die sich erhoben hatten und nun die Treppe zum Obergeschoss erklommen.

„Und Sie, Herr Pfarrer, müssen jetzt auch mal ein bisschen schlafen. Morgen ist die Predigt zu schreiben, ich kann Ihnen gern dabei helfen. Sie sind da immer viel zu langsam. Aber am Nachmittag fahren Sie mich mal zum Friedhof, da habe ich noch etwas für mich zu klären. – Und Sie könnten sich in der Zeit am besten einmal die beiden Brotspinnen anschauen. Die Adressen haben wir ja durch die Angaben vor der Beisetzung. – Gucken Sie nicht so wie ein krankes Walross, das gehört dazu, wenn wir vorankommen wollen!"

Klara öffnete eine Tür am Küchenschrank und entnahm dem Fach eine angebrochene Tafel Schokolade. Sie wehrte van Kerkhofs Hand ab. „Die ist jetzt aber mal für mich. Hier fehlt seit gestern ein großes Stück, und das habe bestimmt nicht ich gegessen!"

Damit verschwand sie aus der Küche und stieg die steile Holztreppe hinauf. Für einen Moment legte sie das Ohr gegen die Tür der Rumpelkammer, nickte dann belustigt und begab sich in ihr Schlafzimmer.

8.

Auf dem Friedhof war an diesem Samstag kaum ein Mensch. In einer entlegenen Ecke befreite eine alte Frau ein Grab von vermodertem Laub. Ein älteres Paar war nur noch von hinten zu sehen und gerade dabei, durch das große Tor zu entschwinden. Klara schaute auf ihre Armbanduhr: Um 15 Uhr, also in einer knappen Stunde, wollte van Kerkhof sie wieder abholen. Warum hatte sie sich nur auf eine so lange Zeitspanne eingelassen? Und wie man ihn kannte, war er sowieso wieder zu spät. Obwohl, um 16.30 Uhr war Beichtgelegenheit, da musste er pünktlich an seinem Platz sein und würde sie vielleicht doch nicht so lange warten lassen. Was sie genau auf dem Friedhof wollte, wusste Klara selbst nicht. Doch längst war die Detektivin in ihr erwacht, und sie wusste von ihren geliebten alten Krimiserien, dass man am Tatort auch später noch wichtige Hinweise entdecken konnte. Oft trieb es den Täter sogar dorthin zurück, und wer konnte schon wissen, ob er ihr dabei nicht über den Weg lief!

Und dann gab es noch einen anderen Grund für ihren Besuch auf dem Friedhof: Klara gehörte nämlich nicht zu den Leuten, die nur zu einer Beerdigung gingen und sich danach nicht mehr am Grab blicken ließen, und deshalb war es ihr ein Anliegen, kurz Irma Zopfs letzte Ruhestätte zu besuchen. Sie sah, dass sich daneben bereits eine weitere Grube auftat. Wer mochte da denn noch verstorben sein? Wenn es jemand aus der Pfarrgemeinde van Kerkhofs gewesen wäre, hätte sie das mitbekommen. Aber eine Stadt wie Limburg hatte natürlich mehrere Pfarreien, und zu Klaras großen Bedauern gab es selbst für sie die ein oder andere Information, die sich unbemerkt an ihr vorbeischlich.

Mit großen bedachten Schritten ging sie auf das Grab von Irma Zopf zu. Selbst wenn die polizeilichen Ermittlungen hier abgeschlossen sein sollten, wollte Klara doch jede noch so winzige Spur unter die Lupe nehmen. Die Blumen und Kränze waren mittlerweile verwelkt und vom Regen aufgeweicht. Es wurde Zeit, dass hier jemand Hand anlegte. Obenauf lag der letzte Gruß der

Großnichten. Sie hatten offenbar gespart, dafür war die bedruckte Schleife an ihrem kleinen Kranz um so größer. ‚Unserer über alles geliebten Tante Irma', stand darauf, darunter die Namen ihrer Familien, unter anderem auch die der durchtriebenen Zwillinge Henning und Marvin.

Klara trat einen Schritt näher. Im hinteren Bereich stand ein kleines Blumengesteck. ‚Ich werde dich nicht verge…', mehr war nicht zu lesen, denn an dieser Stelle war die Schleife abgeschnitten. Die Wut stieg in Klara auf, denn sie ahnte sofort, welcher Name da gestanden hatte. Wie weit gingen diese beiden Frauen in ihrer Bosheit, wenn sie nicht einmal Siggis Namen auf einem Gebinde stehen ließen?

Klara holte tief Luft und ging einmal langsam um das Grab herum. An der Kopfseite entdeckte sie tiefe Abdrücke von Pfennigabsätzen. Es stand für sie außer Frage, dass sie von einer der beiden Verwandten Siegfrieds sein mussten. Da sonst keinerlei Fußabdrücke zu sehen waren, konnte es nur so sein, dass sie nach der Beerdigung noch einmal hier gewesen waren. Doch warum? Nur um die Schleife abzuschneiden? Klara dachte nach und ihr drängte sich ein Schluss auf, von dem sie im Augenblick nur wusste, dass allein der Wunsch Vater des Gedankens sein konnte: Wenn nun Siggis Großcousinen etwas mit dem Tod von Frau Beierlein zu tun hatten? Konnte sie sicher sagen, dass die beiden während der Trauerfeier immer an ihrem Platz gewesen waren? Sie selbst war zu sehr mit der Zeremonie und Pfarrer van Kerkhof beschäftigt gewesen, um die Seitenbänke im Auge zu behalten …

Es hieß, Frau Beierlein war erschlagen worden – mit einem Stein, der mit dem Aushub des Grabes zutage getreten war. Aber warum hätten die Schwestern sie ermorden sollen? Klara beschloss, diesen Gedanken zwar im Auge, aber vorerst noch für sich zu behalten. Noch gab es kein Motiv.

„Euch behalte ich auf der Rechnung, da könnt ihr sicher sein", murmelte sie mit zusammengekniffenen Augen, „und wenn es nur Siggi zuliebe ist." Vielleicht würde sie wirklich fündig, denn auf die Polizei konnte man sich heutzutage sowieso nicht mehr verlassen.

„Ach, die Frau Schrupp!", wurde sie von einer krächzenden Stimme aus ihren Gedanken gerissen. Klara drehte sich um. Eine kleine, ungepflegte Frau stand vor ihr. In ihrem Mund fehlten mehr Zähne, als noch vorhanden waren, und der breite graue Haaransatz ließ vermuten, dass die letzte Färbung auch schon Monate zurücklag. Klara erkannte die Frau als die Person, die sich eben noch an dem abgelegenen Grab zu schaffen gemacht hatte.

„Sie kennen mich wohl nicht mehr?", krächzte die Fremde weiter.

Klara schüttelte den Kopf: „Müsste ich?"

„Eigentlich schon. Weil, ich hab Sie schon mal gesehen. Damals bei der Frau Zopf. Eine gute Frau. Herzensgut. Und jetzt ist sie tot!" Die Frau wischte sich über die Augen, in denen tatsächlich die Tränen aufstiegen.

„Verraten Sie mir Ihren Namen?", bat Klara gerührt.

„Ich bin die Helga, Müllers Helga. Ich habe viele Jahre bei der Frau Zopf daheim geputzt. Und einmal, als ich bei ihr war, da waren Sie auch da."

Klara konnte sich noch immer nicht erinnern. „Wissen Sie, Frau Müller, man sieht so viele Gesichter im Laufe eines Lebens. Tut mir leid, dass ich mir Ihres nicht gemerkt habe."

„Macht ja nichts. Sie sind ja auch beim Herrn Pfarrer. Und die feinen Leute verkehren schließlich nicht mit unsereinem!"

Klara wollte etwas entgegnen, doch die Frau fiel ihr ins Wort: „Das ist nun mal so im Leben. Arm bei Arm und Reich bei Reich. Nur die gute Frau Zopf, die war anders. Ganz anders als diese aufgeplusterten Tanten, die neulich bei ihr waren. Die haben mich nicht mal ins Zimmer gelassen!"

„Ich verstehe nicht", sagte Klara. „Wer hat Sie warum nicht zu Frau Zopf gelassen?"

„Es gibt halt Leute, die bilden sich ein, vornehmer zu sein als andere. Und sie tragen die Nase so hoch!" Frau Müller machte eine entsprechende Geste. „Und dazu gehörten die beiden auch.

Als ich zu der armen Frau Zopf ins Altenheim kam, saßen sie bei ihr und schrien mich an, dass ich sofort das Zimmer verlassen soll. Total laut wurden die, und ich weiß auch, warum." Die letzten Worte hatte sie fast geflüstert und sich dabei ganz dicht zu Klara gebeugt. Der stieg gleich ein unangenehmer Geruch in die Nase, und sie machte unwillkürlich einen Schritt zurück.

„Ich merke schon, Sie wollen gar nicht wissen, was ich da gesehen habe. Keiner will es wissen. Deshalb behalte ich's auch für mich." Die Alte kicherte plötzlich wie eine Hexe. Klara hätte sich gern abgewandt, doch diese Person hatte ihre Neugierde geweckt. Sie überwand sich und trat wieder einen Schritt vor. „Dann erzählen Sie schon. Was haben Sie denn gesehen?"

Verschwörerisch legte Helga Müller den Zeigefinger auf die Lippen. „Aber Sie dürfen es nicht weitersagen."

„Wenn Sie es so wollen: Ich werde schweigen wie ein Grab!" Klara hoffte, dass die Alte ihr nun endlich sagte, worum es ging, denn sie hatte keine Lust, sich länger mit ihr zu unterhalten, als unbedingt nötig war. Außerdem hatte sie gerade Herrn Rosenbaum entdeckt, der zunächst auf sie zugekommen, dann aber, als er gesehen hatte, mit wem sie da stand, auf dem Absatz kehrt gemacht hatte und davongegangen war. Zu dumm, sie musste doch unbedingt noch erfahren, wer da neben Irma Zopf beerdigt wurde.

„Nun legen Sie schon los!", entfuhr es ihr etwas zu schroff, doch Frau Müller störte sich nicht daran, offenbar war sie diesen Tonfall gewohnt. Vielmehr wiegte sie vielsagend den Kopf hin und her und sagte dann gewichtig: „Na gut, weil Sie es sind. Aber wirklich nur, weil Sie die Haushälterin des guten Herrn Pfarrers sind. Wenn ich daran denke, wie der damals meinen Erwin beerdigt hat ..." Wieder wurden ihre Augen feucht. „Schön, einfach nur schön!"

Klara knetete vor Ungeduld ihr Taschentuch im Mantel, aber sie begriff, dass es keinen Sinn machte, die Frau weiter zu drängen.

„Nein, wirklich, Frau Schrupp, so eine schöne Beerdigung. Und wie viele Leute da waren ... Meinen Erwin konnte jeder gut leiden. Wenn da nur nicht nachher die Rechnung gewesen wäre. Diesem Bestatter könnte ich heute noch den Hals umdrehen!"

Nun verstand Klara vollends, warum Rosenbaum sich gerade so schnell verdünnisiert hatte. Nach einer endlos scheinenden Minute hatte sich die Alte beruhigt und beschlossen, wieder zur Sache zu kommen. „Aber ich wollte Ihnen was sagen. Was war das noch?"

„Sie wollten mir von Ihrem Besuch bei Frau Zopf erzählen", half Klara ihr vorsichtig auf die Sprünge.

„Richtig, das war es!", rief Helga Müller mit weit geöffnetem, fast zahnlosem Mund. „Aber Sie behalten es für sich!" Klara versprach es erneut. Wieder beugte sich die Alte ganz dicht zu ihr hin und ließ sie an ihren eindringlichen Gerüchen teilhaben, wobei die so auf Sauberkeit bedachte Haushälterin sich abermals bezwingen musste, nicht demonstrativ zurückzutreten. Doch Klara war auf Enthüllungen aus, und so hielt sie durch, bis die andere endlich ausholte.

„Also, ich bin da rein, ins Zimmer im Altenheim. Weil, die Frau Zopf, das war ja eine ganz Nette. Und ich wollte sie doch gern besuchen und ihr ein Geschenk bringen, die war doch gerade neunzig geworden. Weil, ich hatte ja schon Weihnachten für sie gesammelt, weil immer, wenn ich mal wo bin zum Kaffee, bring ich ihr ein paar schöne Servietten mit. Daran hatte sie doch immer ihre Freude. Und die hier waren wirklich schön, eine Sorte mit Glocken und die andere mit Engelsköpfen. Rot mit goldenem Rand und an den Ecken Tannenzweige. Wirklich, wenn Sie die …"

„Das kann ich mir vorstellen, dass die schön waren,", unterbrach Klara die Frau. „Und wie schade, dass Weihnachten vorbei ist. Jetzt erzählen Sie aber mal weiter. Was war los, als Sie Frau Zopf besucht haben?"

„Ach du meine Güte, Sie haben's aber eilig! Dann hätten Sie nicht auf den Friedhof gehen dürfen. Hierhin bringt man Zeit mit. Sehen Sie mal, wie viel Zeit die haben, die hier liegen. – Ja, ja, schon gut, jetzt zappeln Sie nicht so rum, ich erzähl ja schon. Ich also da rein, ins Zimmer von der Frau Zopf. Doch da sitzen schon welche: Zwei ziemlich dicke Frauen mit ganz viel Kleister im Gesicht und mit Haaren, mit denen sie nie im Leben auf die Welt gekommen sind!"

„Mit gelben Haaren?", warf Klara interessiert ein.

„Aber so was von gelb. Voll unnatürlich. Und gerochen haben die – wie im Puff!" Klara hatte schon eine Zurechtweisung auf den Lippen, als die Frau fortfuhr: „Aber das war alles noch nicht das Schlimmste. Das Schlimmste war nämlich, was sie da gemacht haben. Ich meine, was sie da mit der Frau Zopf gemacht haben!"

„Und was haben sie mit Frau Zopf gemacht?" Klara bemühte sich um einen möglichst geduldigen Tonfall. Die Folge ihres Interesses war, dass sich Frau Müller wieder unangenehm näherte und ihr mit üblem Atem ins Ohr flüsterte: „Ihr Testament! Ihr Testament haben sie mit ihr gemacht!"

Klara schüttelte den Kopf, und sie tat das nicht nur, um ihren Unglauben zum Ausdruck zu bringen, sondern auch, um etwas Distanz zu gewinnen.

„Doch, ich hab's genau gesehen! Die Frau Zopf saß in ihrem Rollstuhl, und auf dem Tisch lagen jede Menge Papiere. Als ich reinkam, gab's Durchzug und alles ist auf den Boden geflogen, bis vor meine Füße." Die Erinnerung ließ Helga Müller den Blick nach unten richten. „Ein Blatt fiel direkt vor meine Schuhe, und ich kann ja lesen, da stand dick und fett Testament! Die eine Frau kniete sich sofort hin, um die Blätter aufzusammeln. Weil ich nett sein wollte, hab ich ihr den Zettel, wo Testament draufstand, gegeben. Sie hat mich nur angeschrien, dass ich sofort das Zimmer verlassen soll. Aber die Frau Zopf hat zu mir gehalten! Die wollte, dass ich da bleibe. Sie hat gesagt, sie hätte sowieso keine Lust mehr, Schule zu spielen. Dann ist auch die andere Gelbhaarige aufgesprungen und hat mich zur Tür rausgeschoben. ‚Jetzt ist Schluss!', hat sie mich dabei nur angefaucht, und ‚Raus hier!'."

Triumphierend sah Helga Müller die sprachlose Klara an: „Da staunen Sie, was?"

„Oh ja, das können Sie glauben, Frau Müller! Und Sie sind sich sicher, dass die beiden Frauen ein Testament geschrieben haben?"

„Natürlich bin ich das. Die eine, die am Tisch saß, hatte ja noch einen Stift in der Hand!"

Klara war ein wenig ratlos. Helga Müller machte nicht den Eindruck, als würde sie lügen, doch war die Art ihres Erzählens nicht gerade dazu geeignet, dass man ihr jedes Wort glauben konnte. Im Augenblick konnte es für Klara nur darum gehen, dass sie weitere Einzelheiten erfuhr.

„Haben Sie noch mehr gelesen außer diesem einen Wort?", fragte sie deshalb.

Frau Müller schüttelte den Kopf. „Dafür ging alles viel zu schnell. Die eine hat mich ja dann schon raus auf den Flur gestoßen."

„Hatten sie denn den Eindruck, dass Frau Zopf verstand, um was es ging?"

„Die verstand das noch weniger als ich. Sie hat mich nur angelacht. Ja, und dann, fällt mir noch ein, dann hat sie doch wahrhaftig gesagt, dass ich jetzt wieder bei ihr putzen kann. – Im Altenheim, hahaha! Das war aber schon, als ich so gut wie draußen war. Aber sie hat mich erkannt, das ist die Hauptsache!"

„Was haben Sie danach gemacht?", setzte Klara das Verhör fort.

„Ich wollte zum Schwesternzimmer, aber da kam gerade noch eine andere Frau, die auch zur Frau Zopf wollte. Ich hab ihr gesagt, dass sie dort nicht rein kann, weil die da was Verbotenes machen. Aber sie ist dann trotzdem rein. Ich wollte erst noch warten, ob sie auch rausgeworfen wird, aber dann bin ich zum Schwesternzimmer und habe denen gesagt, dass ich Anzeige machen will. Wegen schwerer Körperverletzung. Weil, die eine bei der Frau Zopf hat mich ja schließlich angefasst. Aber die Schwestern haben nur gelacht und gesagt, dass ich zur Polizei gehen soll, weil die Polizei auch gerne mal lachen würde."

„Sie sind dort also nicht hingegangen, hab ich Recht?" Klara wartete Helga Müllers Nicken kaum ab, denn ihr kam ein anderer Gedanke: „Können Sie sich noch erinnern, wie die Frau aussah, die später dazukam und in Frau Zopfs Zimmer ging?"

„Nicht genau. Nur dass sie auch schon was älter war. Und

ziemlich fein angezogen war sie. Ich meine auch, ich hätte die schon mal gesehen, ich weiß aber nicht mehr, wo und wann."

Klara kramte in ihrer Handtasche. Zum Glück musste sie nicht lange suchen und zog den Zeitungsartikel mit dem Foto von Frau Beierlein hervor. „War es diese Frau?"

Die andere betrachtete das Bild mit wichtiger Miene, der Text schien sie nicht zu interessieren. Dabei schob sie ihre Hand immer weiter von sich fort, sodass Klara schon befürchtete, sie müsse Frau Müller ihre Brille anbieten, als diese endlich sagte: „Das kann sein. Ja, wenn ich's mir recht überlege, könnte das wirklich die Frau gewesen sein. Aber so genau weiß ich das auch wieder nicht. Ich war ja zu aufgeregt wegen der Körperverletzung!" Sie gab ihr den Artikel zurück.

Klara atmete auf: Zum Glück schien Frau Müller von dem Mord nichts mitbekommen zu haben, sonst würde sie hier heute nicht mehr wegkommen. „Sagen Sie, waren Sie eigentlich nicht auf der Beerdigung von Frau Zopf?", fragte sie, um sicherzugehen.

„Ach was, ich war doch krank! Hatte die ganze Woche den Dünnpfiff und konnte nicht mal meinem Erwin das Grab sauber machen!"

Klara trat unwillkürlich einen Schritt zurück. Dennoch tat ihr die Frau leid. Vieles in diesem Leben schien an ihr vorbeizulaufen. Sie konnte sich gut vorstellen, dass man Helga Müller nicht glaubte. Nun hatte sie einmal etwas Schlimmes erlebt, und da wurde sie ausgelacht, weil sie es in ihrer unbeholfenen Art nicht besser erzählen konnte.

Da jedoch nichts Brauchbares mehr aus Helga Müller herauszuholen war, beschloss Klara, das Gespräch allmählich zu beenden. Diese Frau hatte nicht begriffen, wie wichtig die Beobachtungen während ihres Besuches im Altenheim gewesen waren. So erklärte Klara, dass sie nun langsam gehen müsse, weil Pfarrer van Kerkhof bestimmt schon auf sie warte.

„Schade. Dann erzähl ich den Rest halt nicht mehr."

„Moment, Frau Müller, was war denn noch? Der Herr Pfarrer wird bestimmt auch noch eine Minute länger warten." In Klara keimte neue Hoffnung auf, hier vielleicht doch noch eine wertvolle Information mitnehmen zu können, und sie trat freiwillig wieder einen Schritt auf die Frau mit den eigentümlichen Ausdünstungen zu.

„Ha!", tönte diese, „Sie müssen wissen, wenn die Helga Müller nämlich eins nicht ist, dann dumm. Also nicht dumm. Also Sie verstehen, was ich sagen will … Ich hab nämlich hinten in der Besuchernische gewartet, bis vorn bei der Irma Zopf die Tür aufging. Und da ist dann zuerst die fremde Frau raus, die nach mir gekommen war, und direkt danach sind dann die gelben Biester gegangen. Und ich dann, husch, husch, wieder rein zu Irma! Ich hatte ja noch immer die Servietten in der Tasche. Die hat sich vielleicht gefreut! Hat gefragt, ob es Weihnachten wäre und hat angefangen zu singen. ‚Oh du fröhliche' und ‚Morgen kommt der Weihnachtsmann'. Also singen konnte die immer noch, auch den Text wusste sie noch, und zwar alle Strophen, wenn sie auch sonst nicht mehr viel hier oben drin hatte." Helga Müller tippte sich mit dem Finger gegen die Schläfe.

„Und Sie haben sicher mitgesungen?", hakte Klara innerlich vibrierend nach und trippelte ungeduldig auf der Stelle. Ob da noch etwas Aussagekräftiges folgte? Wohl eher nicht.

„Ja, und zuletzt", nahm die Frau den Faden wieder auf, „zuletzt war dann wieder mal das Klo verstopft. Bevor ich gegangen bin, haben die vom Heim noch mit Irma geschimpft, weil die stopft alles ins Klo, was sie gerade nicht gebrauchen kann. Hab schon paarmal miterlebt, wie ihr Bad überschwemmt war. ‚Irma, so geht das nicht!', haben die zu ihr gesagt. ‚Sonst schließen wir da ab und dann kannst du halt nur noch deinen Klostuhl benutzen.'"

„Ja, das ist traurig. Aber jetzt hat die Gute ja ihren Frieden. – Und Sie sind dann sicher gegangen? Ich meine, nachdem die Überschwemmung aufgewischt war?"

Wenn sie jetzt Ja sagte, würde Klara auch gehen! Sie hatte der Alten lange genug zugehört und wollte stattdessen lieber vorn am Tor warten, bis der Herr Pfarrer kam. Eine verstopfte Toilette konnte sie auch zuhause haben, und alte Weihnachtsservietten ebenso.

„Ja, ich bin dann gegangen. Aber vorher haben wir noch zusammen die Servietten ordentlich verstaut. Die waren nämlich ..."

„... besonders schön, ich weiß, und mit Tannenzweigen an den Ecken."

„Das haben Sie sich aber falsch gemerkt, Frau Schrupp, ich hatte gesagt, mit Lorbeerblättern. Sie sollten schon etwas besser zuhören, wenn Ihnen jemand was erzählt!"

Klara wandte den Kopf zur Seite und verdrehte die Augen. Ob in all dem, was sie soeben gehört hatte, überhaupt ein wahrer Kern steckte? Andererseits – die Fälschung eines Testaments zu erfinden, dies würde doch wohl den Rahmen von Helga Müllers geistigem Horizont sprengen. Und gerade diese Überlegung schien Klara von großer Bedeutung! „Sie haben Recht, Frau Müller. Jetzt muss ich aber wirklich los. Und schön, dass Sie sich so nett um Frau Zopf gekümmert haben", bemühte sie sich um einen angemessenen Abschluss.

„Ich muss auch gehen", beeilte sich die Frau mit abermals wichtiger Miene zu erwidern. „Müllers Helga hat noch einen vollen Terminkalender heute. Und ich bin froh, dass ich Ihnen das jetzt erzählt habe mit der Körperverletzung. Weil, jetzt habe ich eine Zeugin!"

Klara schob den Satz aus der Bergpredigt „Selig die Armen im Geiste" beiseite, der ihr unwillkürlich in den Sinn kam, denn jetzt über Derartiges nachzudenken, schien ihr fehl am Platz. Außerdem war sie froh, dass die Frau sich endlich anschickte zu gehen. Doch zu Klaras Schrecken drehte sie sich nach ein paar Schritten wieder um und rief: „Nicht vergessen: Sie sind jetzt meine Zeugin!"

Klara nickte nur und sah zu, wie Frau Müller endlich in Richtung des Ausgangs davonwackelte.

Doch jetzt war sie völlig durcheinander. Weswegen war sie noch hierher gekommen? Was war ihr gerade durch den Kopf gegangen, als Frau Müller sie unterbrochen hatte? Es wollte ihr nicht gelingen, ihre Gedanken zu sortieren. So war sie dankbar, als sie Herrn Rosenbaum plötzlich auftauchen sah. Wenn sie ohnehin nicht mehr wusste, was sie umgetrieben hatte, konnte sie auch ein Gespräch mit ihm nicht mehr ablenken.

„Ist sie weg?", fragte der Bestatter grinsend, als er nahe genug herangekommen war.

„Deshalb haben Sie sich also um die Ecke gedrückt", wurde er von Klara begrüßt.

„Natürlich!", gab der Bestatter unumwunden zu. „Das ist eine furchtbare Frau. Und mich hat sie sowieso auf dem Kieker."

„Ich weiß. Sie haben ihren Mann zu teuer beerdigt."

Rosenbaum hob die Schultern. „Ich glaube, es gibt niemanden in Limburg, der diese Person nicht schon einmal angezeigt hat."

Klara konnte sich denken, dass Rosenbaum stolze Preise hatte und wollte ihm deshalb nicht die Absolution erteilen, indem sie weiter auf der alten Frau herumhackte. So unglaubwürdig hatte sich das, was Helga Müller ihr erzählt hatte, nicht angehört. Sie lenkte das Gespräch deshalb auf ein anderes Thema.

„Frau Beierleins Mörder läuft noch immer frei herum. Hoffentlich schnappt die Polizei ihn bald."

Ein leichtes Zucken ging durch Rosenbaums Gesicht. „Das kann wohl nur noch eine Frage der Zeit sein", antwortete er.

„Das hört sich an, als wüssten Sie mehr?" Klara sah ihn fragend an.

„Nun ja ..." Der Bestatter kratzte sich umständlich an der Nase. „Wenn die mal richtig hinsehen und vor allem den Hinweisen auch nachgehen würden, dann hätten sie ihn vielleicht längst ..."

„Wie meinen Sie das?" Klara mochte es nicht, wenn jemand so herumdruckste. Auch Pfarrer van Kerkhof tat das leider allzu gerne und viel zu oft.

Rosenbaum schien sich einen Ruck zu geben. „Da war doch dieser Mann in der Kirche. Ganz hinten saß er. Ein finsterer Typ."

„Ihnen ist jemand aufgefallen? Beschreiben Sie ihn!" Klara spürte, wie ihr Herz schneller schlug.

Rosenbaum sah an Klara vorbei und strich sich übers Kinn.

„Hm, lassen Sie mich nachdenken ... Er hatte pechschwarzes Haar und trug einen grauen Bart. Gefärbt, das Haar, anders kann es nicht sein ...", dachte er laut. „Und ein rotschwarz gepunktetes Halstuch, das steckte in seinem Hemdkragen. Ach ja, und an einer Hand trug er einen schweren Ring." Rosenbaum blickte Klara skeptisch an. „Der ist Ihnen wohl nicht aufgefallen, was?"

In Klara arbeitete es. Diese Beschreibung löste auch in ihr etwas aus, nur konnte sie nicht einordnen, in welchem Umfeld sie diesen Mann gesehen hatte. Auf der hintersten Kirchenbank? Oder außerhalb der Kirche?

„Helfen Sie mir auf die Sprünge, Herr Rosenbaum. Mit wem war er da? Vielleicht mit Frau Beierlein?"

Rosenbaum schien sich zu schämen, dass er nichts Genaueres zu berichten hatte. Seine Wangen zeigten wieder diese roten Stellen. Der Blutdruck, dachte Klara wie neulich im Trauergottesdienst. Aber sie war für die Gesundheit des Bestatters nicht zuständig – sie hatte ihren Pfarrer zu betreuen, und das forderte sie zur Genüge.

„Ich weiß nicht, ob er überhaupt mit jemandem da war", mutmaßte Rosenbaum. „Er ist auf jeden Fall erst spät gekommen. Und als ich an ihm vorbei bin, ist mir richtig angst geworden. Sein Blick, wissen Sie ... Und immerzu hat er seinen gigantischen Ring am Finger gedreht und sich dabei in der Kirche umgesehen ..."

„Haben Sie das der Polizei gesagt? Ich meine, dass er Ihnen verdächtig war?"

Rosenbaum nickte. „Natürlich hab ich das. Aber Herr Hartwichs hat nicht viel auf meine Beobachtung gegeben. Man würde es einem Menschen nicht ansehen, ob er ein Verbrecher sei. Sonst hätte die Polizei ja leichtes Spiel."

„Das weiß ich auch", regte Klara sich auf. „Dieser Hartwichs scheint wirklich nicht viel auf dem Kasten zu haben!"

„Ich nehme aber doch an, dass er im stillen Kämmerlein noch mal in sich gegangen ist und dann meinen Hinweis aufgegriffen hat. Den Typen müssen ja noch mehr Leute gesehen haben."

„Also mir ist er in der Kirche nicht aufgefallen", ärgerte sich Klara.

„Vielleicht weil Sie zu weit vorne saßen", versuchte Rosenbaum sie zu beruhigen.

„Aber einmal angenommen, er war wegen Frau Beierlein da. Warum sollte er sie umgebracht haben?"

Rosenbaum zuckte erneut mit den Schultern. „Wenn man das wüsste, wäre die Polizei sicher schon längst hinter ihm her."

Klara ließ sich den finsteren Unbekannten noch einmal genau beschreiben, und wieder kam es ihr vor, als hätte auch sie ihn irgendwo schon einmal gesehen. Ein Mann mit diesem Aussehen hätte aber auch anderen Kirchenbesuchern auffallen müssen, doch niemand hatte sich ihres Wissens nach über ihn geäußert. Andererseits rückte die Polizei nicht mit solchen Details heraus, und wer wusste, ob die Kripo nicht bereits seine Spur verfolgte.

Klara fiel nun doch etwas ein, das sie unter anderem hierher geführt hatte. „Übrigens, Herr Rosenbaum, hatte für Frau Zopf ein Kondolenzbuch am Eingang ausgelegen?"

„Ich hatte es der Familie angeboten, aber nein, das hätte zusätzliche Kosten bedeutet. Wir beide sprachen ja noch darüber, nicht wahr? Wenn es um's Geld geht ..."

Klara nickte seiner Antwort nach, es hätte sie auch gewundert, wenn es anders gewesen wäre. Leider erlaubte es ihr die Zeit nicht mehr, dem Bestatter noch weitere Fragen zu stellen, denn bestimmt wartete der Pfarrer schon vor dem Friedhof. Es war bereits fünf nach drei. Sie verabschiedete sich deshalb von Rosenbaum, der ihr noch nachrief: „Wir halten uns auf dem Laufenden!", und ging zum Ausgang. Instinktiv sah sie sich nach allen Seiten um: Helga Müller war nirgends mehr zu sehen. Erleichtert atmete Klara durch.

Tatsächlich stand vor dem Friedhofstor schon das unverkennbare Auto des Pfarrers, der ockerfarbene Kastenwagen mit der nachlackierten blauen Heckklappe.

9.

„Das hat aber gedauert", begrüßte van Kerkhof sie, wobei er sich um einen möglichst freundlichen Tonfall bemühte.

„Ich habe vieles in Erfahrung gebracht, Herr Pfarrer. Ich hoffe, Sie auch?"

„Fehlanzeige", sagte van Kerkhof. „Diese Großcousinen sind zwei richtige Drachen!"

„Und das aus Ihrem Munde?" Klara musste nun wirklich lachen und zog die Autotür zu, nachdem sie ihre Beine im Fußteil der Beifahrerseite geordnet hatte.

„Wenn Sie die erlebt hätten! Schade, dass Sie nicht dabei waren, meine liebe Klara! Sie hätten denen … Paroli geboten. Sagt man doch so?"

Klara nickte. „Sie lernen schon noch Deutsch. Wird nach dreißig Jahren ja auch allmählich Zeit."

Van Kerkhof schmunzelte nur und fuhr los.

„Herr Pfarrer, hauchen Sie mich mal an!", sagte Klara unvermittelt.

„Ich werde mich beim Autofahren ganz bestimmt nicht zu Ihnen umdrehen, nur um Sie anzuhauchen!"

„Sie haben geraucht, geben Sie es zu!"

„Gar nichts gebe ich zu!"

„Ich rieche das aber ganz genau", beharrte Klara. „Also haben Sie nun geraucht oder nicht?"

„Die beiden Damen haben geraucht", antwortete der Pfarrer ausweichend. „Vielleicht riechen Sie das."

Klara sah ein, dass sie hier nicht weiterkam, und fragte nach seinem Besuch.

„Ich kann schon froh sein, dass die mich überhaupt ins Haus gelassen haben. Als Erstes haben sie mir erklärt, dass sie mit der Kirche nichts am Hut haben. Aber ich dürfte trotzdem kurz reinkommen."

„Wie man einen Pfarrer eben so begrüßt", kommentierte Klara.

„Sie sagten, sie hätten die ganze Zeremonie nur der Tante, den

Leuten und vor allem dem Geschäft zuliebe mitgemacht. Die Kirche würde sie nämlich absolut nicht interessieren."

„Das sieht ihnen ähnlich!", regte Klara sich auf. „Waren denn beide Schwestern da?"

„Zuerst nur die eine. Als ich reinkam, war noch ihr Mann im Wohnzimmer. Aber ich hatte den Eindruck, dass der nicht viel zu sagen hat. Nun, das kennt man ja!" Der Pfarrer lächelte dabei vielsagend.

„Das ist ja auch manchmal besser so", entgegnete Klara. Wenn sie die Anspielung verstanden hätte, wäre ihre Reaktion gewiss heftiger ausgefallen, war sich van Kerkhof sicher. Er bremste und winkte einer Fußgängerin zu, damit sie die Straße überqueren konnte. Dann fuhr er fort: „Ich fand den Mann nicht unsympathisch. Er bot mir zumindest einen Platz an. Offenbar verärgerte er damit seine Gattin, denn die schickte ihn gleich nach draußen. Was Ihnen gefallen hätte: Er gehorchte ohne jeglichen Widerspruch."

„Ich verstehe, das war eine Spitze gegen mich!"

„Na endlich", lachte der Pfarrer nur.

„Dass Sie immer noch Zeit für dumme Scherze haben!", murrte Klara. „Aber das soll mir jetzt mal egal sein. Erst will ich wissen, was die Schwestern gesagt haben. Und unter welchem Vorwand haben Sie denn überhaupt das Gespräch begonnen?"

„Ich habe gesagt, dass es mir um Frau Zopf geht und um ihre Verwandtschaft, auch um Herrn Kroll."

„Sehr diplomatisch!"

„Zumindest hat mir die Frau dann einiges erzählt. Wenn auch nichts Positives …"

„Was konnten Sie anderes erwarten, wenn Sie so anfangen?" Klara schüttelte dabei verständnislos den Kopf.

„Wollen Sie nun wissen, was die gesagt haben oder nicht?"

„Natürlich will ich das. Aber Sie sagen ‚die'. Ich denke, da war nur die eine Schwester im Haus."

Der Pfarrer nickte. „Zuerst war nur die eine da, aber als ich dann den Namen Siegfried Kroll ins Spiel brachte, rief sie sofort Frau Vogelsang an. So heißt die andere Schwester. Es dauerte jedenfalls nur ein paar Minuten, bis sie kam, sie wohnt offenbar gleich in der Nachbarschaft. Und sie brachte ihre Zwillinge mit. Eins sage ich Ihnen, Klara: Wenn alle jungen Leute so verzogen wären wie diese beiden, würde ich die Jugendarbeit umgehend an den Nagel hängen."

„So schlimm?"

„Mir dröhnen jetzt noch die Ohren. Sie stürzten ins Wohnzimmer und haben mich vollkommen ignoriert. Dann haben sie wortlos den Fernseher eingeschaltet und sich auf das Sofa geplätzt …"

„Geflätzt", korrigierte Klara trocken und mit nach vorne gerichtetem Blick.

„Ja, unmöglich, die beiden. Und mit Kraftausdrücken haben sie auch nicht gespart. Dagegen ist unser Julian Kroll ein Lämmchen."

„Unser Julian ist sowieso in Ordnung", kommentierte Klara knapp aber bestimmt. Van Kerkhof kannte sie: Hatte Klara einmal jemanden in ihr Herz geschlossen, so war sie bereit, für ihn zu kämpfen wie eine Löwin.

Doch gleich darauf schien die Neugierde über ihre mütterlichen Gefühle zu siegen.

„Und als die Schwester mit den Zwillingen eintraf, ging es wohl mit geballter Ladung gegen Siggi, hab ich Recht?"

„Das können Sie laut sagen. Alle zusammen haben sie kein gutes Haar an ihm gelassen."

„Kunststück", unterbrach ihn Klara. „Hat er ja sowieso keines. Oder wollen Sie den Dschungel auf seinem Kopf etwa als Haare bezeichnen?"

Pfarrer van Kerkhof zog die Augenbrauen hoch. „Wissen Sie, was meine Messdiener jetzt gesagt hätten: Absoluter Flachwitz! – Ihre deutsche Sprache, Klara."

„Damit kann ich aber nichts anfangen", sagte Klara in beleidigtem Tonfall. „Passen Sie lieber auf die Straße auf!"

„Keine Sorge, ich werde Sie heil ans Ziel bringen. Wie schon so oft."

„Und wieder eine Schlange hinter sich herziehen, weil Sie so kriechen!"

„Was denn nun? Gerade habe ich Sie noch so verstanden, dass ich vorsichtig fahren soll. Nun möchten Sie plötzlich, dass ich zum Raser werde."

„Ach egal", winkte Klara ab. „Als ob das jetzt wichtig wäre. Erzählen Sie nun endlich, was die zwei Frauen über Siegfried gesagt haben."

Der Pfarrer grinste in sich hinein und nahm den Faden wieder auf: „Dass er sich um nichts kümmert, dass er schon früher jeder Arbeit aus dem Weg gegangen ist, dass er schuld am Zerbrechen seiner Ehe sei und, und, und. Die beiden Schwestern haben sich perfekt die Bälle zugespielt und sich immer mehr hochgeschaukelt. Trotzdem hatte ich die ganze Zeit den Eindruck, dass da noch was kommt, und ich hatte Recht." Van Kerkhof machte eine Pause.

„Jetzt spannen Sie mich nicht auf die Folter!", pflaumte Klara ihn ungeduldig an. „Oder sollen wir jetzt Ratespiele machen? ‚Ich weiß etwas, das Sie nicht wissen'? Bleiben Sie doch mal dran an Ihrer Geschichte, Herr Pfarrer!"

„Lassen Sie mich erst den Radfahrer überholen." Als das geschehen war, gab der Pfarrer ihr bereitwillig Antwort: „Nun, sie sagten, dass Siggi mit Drogen in Verbindung gekommen sei. Dafür habe er sogar Ärger mit der Polizei bekommen …"

„Die die zwei Giftspritzen ihm auf den Hals gehetzt haben", warf Klara ein. „Das hat Siggi uns ja schon erzählt. Jetzt geht es um die Frage: Hat er uns gegenüber vorgebeugt und die Sache kleingeredet oder hat er damals wirklich kriminell gehandelt? Oder vielmehr: Gab es außer den Cannabis-Experimenten noch eine andere, eine größere Drogensache?"

„Wir werden ihn noch einmal darauf ansprechen müssen", sagte van Kerkhof. „Wenn jemand etwas mit Drogen zu tun hat, muss er dafür bestraft werden. Das ist nun mal so. Allerdings ist die Sache schon ewig her. Das mussten selbst beide Schwestern zugeben, als ich noch einmal eindringlich nachgefragt habe."

„Dann wird nichts Größeres mehr stattgefunden haben", mutmaßte Klara, „und eine kleine Jugendsünde haben wir doch alle beim lieben Gott gut!"

„Das denke ich aber auch", gab der Pfarrer seiner Haushälterin Recht. „Und bei uns in Holland …"

„Jetzt fangen Sie nicht schon wieder mit Ihrem Holland an. Dass da alle Drogen nehmen dürfen, wie sie wollen, weiß ja jedes Kind. Und darauf bilden sich die Holländer auch noch was ein."

„Ganz so ist es nicht", versuchte der Pfarrer zu widersprechen, doch Klara hatte keine Lust auf das Thema. „Lassen Sie mich damit in Ruhe! Bleiben wir besser bei Siggis Großcousinen."

„Sie sagten, dass er ein Erbschleicher sei. Wenn er Irma Zopf besucht habe, sei es ihm immer nur ums Geld gegangen. Sie hätten oft genug gesehen, wie sie ihm was zugesteckt habe, und sie wüssten doch, dass er nur hinter ihrem Geld her gewesen sei. Ganz bestimmt habe er nur deshalb nichts Vernünftiges gearbeitet, weil er schon lange auf ihr Erbe geschielt habe. Die Tante sei nämlich ziemlich vermögend gewesen."

„Da kann ich Ihnen gleich was anderes erzählen!", regte Klara sich auf. „Siggi ein Erbschleicher. Pah! Wissen Sie, dass ich eben das genaue Gegenteil erfahren habe?"

Der Pfarrer trat auf die Bremse und brachte das Auto fast zum Stehen.

„Nun passen Sie doch auf! Der Wagen hinter uns wäre uns beinahe draufgefahren!" Klara schlug die Hände vor dem Gesicht zusammen. „Wie fährt dieser Mann denn nur einmal!?"

„Ist ja nichts passiert", versuchte der Pfarrer sie zu beruhigen. „Sehen Sie, er hat schon überholt."

„Und hat Ihnen dabei den Vogel gezeigt!"

„Soll er doch, dieser Idi…!" Rechtzeitig besann sich van Kerkhof auf seinen geistlichen Stand und schluckte den Rest des Wortes hinunter. Trotzdem nahm er jetzt das Lenkrad in beide Hände und schien sich völlig auf die Fahrbahn zu konzentrieren. Nach einer angemessenen Pause versuchte er das Gespräch wieder aufzunehmen.

„Nun erzählen Sie schon, Klara! Was haben Sie erfahren?"

„Jetzt soll ich auf einmal erzählen. Eben haben Sie auch nicht gefragt!"

„Aber ich dachte, Sie wollten zunächst wissen, wie mein Besuch verlaufen ist."

„Das haben Sie mir ja nun lang und breit geschildert, Herr Pfarrer. Wenn Sie einmal ins Reden kommen, hören Sie ja nicht mehr auf."

Van Kerkhof hatte keine Lust auf eine Diskussion. Er seufzte und bemühte sich, zur Sache zu kommen. Dazu war er sich auch für eine Entschuldigung nicht zu schade.

„Es tut mir leid, wenn ich zu ausschweifend war. Also bitte, was war auf dem Friedhof?"

Der Pfarrer merkte seiner Beifahrerin an, wie sehr es ihr gefiel, dass sie als Siegerin aus dem kleinen Scharmützel hervorgegangen war. Sie ließ sich nicht länger bitten und erzählte von ihren beiden Begegnungen. Als sie geendet hatte, schüttelte van Kerkhof ungläubig den Kopf. „Ein Testament geschrieben … mit der dementen, gutgläubigen Frau Zopf! Das gibt es ja nicht, solche … Biester! Ich kann es nicht anders sagen!"

Derart ermuntert, berichtete Klara noch von den Eindrücken der Pfennigabsätze, die sie neben dem Grab entdeckt hatte.

„Da muss ich Sie enttäuschen", unterbrach sie van Kerkhof. „Frau Vogelsang hat mir selbst erzählt, dass sie noch ein paarmal am Grab war. Sie würde einen teuren Ohrring vermissen, den sie wohl bei der Beerdigung verloren habe. Wenn wir hörten, dass den einer gefunden habe, sollten wir ihr ja nur sofort Bescheid sagen. Das Ding habe nämlich viel Geld gekostet."

„Schade", entfuhr es Klara. Van Kerkhof wusste natürlich, was sie dachte, und er versuchte, ihre Enttäuschung ein wenig abzumildern. „Deshalb können sie es ja trotzdem gewesen sein."

„Ich werde die beiden Damen jedenfalls nicht von vornherein aus dem Täterkreis ausschließen", sagte Klara mit bedeutungsvoller Miene. „Und wenn die unbekannte Frau im Altenheim, von der Frau Müller erzählt hat, wirklich Frau Beierlein war, dann haben wir auch ein Motiv: Sie hat gesehen – und im Gegensatz zu Frau Müller auch vollkommen begriffen, was die zwei Nichten im Zimmer von Irma Zopf gemacht haben, und deshalb musste sie sterben."

„Lassen Sie uns nur keine voreiligen Schlüsse ziehen. Warum sollte Frau Beierlein im Altenheim gewesen sein?"

„Sie reden schon wie dieser Hartwichs, Herr Pfarrer! Vermutlich war sie eine ehemalige Schülerin von Frau Zopf und wollte ihr noch zum 90. Geburtstag gratulieren."

„Ich meine doch nur, dass wir erst mehr Beweise haben müssen."

„Der schlechte Charakter dieser Damen ist mir schon Beweis genug", sagte Klara. „Habe ich Ihnen eigentlich von der Blumenschleife erzählt?"

Als van Kerkhof verneinte, klärte sie ihn auf. Wieder schüttelte er den Kopf. „Unglaublich! Wozu Menschen doch fähig sind. Und das, wo gerade eine liebe Angehörige verstorben ist."

„Deshalb sag ich es ja, Herr Pfarrer: Wer so etwas tut, der ist auch zu etwas ganz anderem fähig. Welche der beiden Schwestern auch immer die treibende Kraft sein mag, beim Verfassen des Testamentes waren sie jedenfalls beide aktiv. Leider nur scheint diese Frau Müller viel zu erzählen, wenn der Tag lang ist."

„Das tut sie. Ich kenne sie nämlich", erwiderte der Pfarrer. „Sie übertreibt gnadenlos und freut sich über jede Schauergeschichte. Eines kann sie allerdings nicht – lügen. Dazu ist sie viel zu naiv. Und eine solche Geschichte, wie sie Ihnen erzählt hat, kann sie sich niemals ausdenken."

„Dann müssen wir also auch dem nachgehen", sagte Klara zufrieden. „Zum Glück sind wir endlich zu Hause, da können wir gleich Siggi fragen!"

Der Pfarrer hatte den Wagen vor seiner Garage zum Stehen gebracht und ließ seine Haushälterin aussteigen. Bevor sie die Autotür zuschlug, bat er Klara: „Bitte sagen Sie Siggi und Julian noch nichts von dem, was wir erfahren haben. Ich möchte ihre Gesichter sehen, wenn wir ihnen all das erzählen. Jetzt muss ich aber zuerst in die Kirche. Schon fast halb fünf und immer noch ist der Beichtstuhl unbesetzt!"

Widerwillig stimmte Klara zu und ging Richtung Pfarrhaus

davon. Van Kerkhof ahnte, wie schwer es ihr gerade jetzt fiel, den Mund zu halten Doch das durfte er von ihr erwarten, schließlich wollten sie die schlimme Sache mit Frau Beierlein gemeinsam verfolgen. Doch jetzt musste er seine Gedanken abschütteln und sich ganz auf seine Schäfchen konzentrieren, von denen sicher schon einige in der Kirche auf ihn warteten. Es ging auf Ostern zu, da wuchs das Bedürfnis, die Seele zu erleichtern …

10.

Klara hatte es tatsächlich geschafft, Siggi und Julian gegenüber bis zum Abendessen zu schweigen. Das jedoch nur, so gestand sie sich ein, weil niemand in der Küche war, während sie ihren Kartoffelsalat à la Klara zubereitete.

Dabei hörte sie die Kroll-Männer über sich in dem kleinen Badezimmer hantieren; es klapperte und klirrte und immer wieder rauschte das alte Abflussrohr hinter der Küchenwand. Offenbar begannen sich die beiden, heimisch zu fühlen.

Klara schmunzelte, formte die Hände zu einem Trichter und rief zur Treppe hinauf: „Abendessen! Dalli, dalli! Der Herr Pfarrer hat nachher noch einen Gottesdienst."

Sie warf einen Blick auf die Garderobe. Noch hing seine Jacke nicht am Haken, der Pfarrer hielt sich immer noch in seinem Schuppen auf, ließ wahrscheinlich wie jedes Mal die Beichtgespräche in sich nachwirken, während er sich bei einer heimlichen Zigarette mit seinen Gartengeräten beschäftigte.

Wie schade, dass er die kleinen und großen Sorgen wie auch die Vergehen seiner Schäfchen nicht mit ihr besprach – ein besseres Ventil würde er auf der Welt nirgends finden. Was der Mann alles mit ins Grab nehmen würde ... Klara schüttelte den Kopf, ging zu dem großen Gong, den ihr der Pfarrer einmal in Amsterdam gekauft hatte, und schlug nach Kräften darauf.

„Mach dich fort, du warst nicht gemeint!", rief sie dem Terrier aus der Nachbarschaft zu. „Inzwischen müsstest du doch wissen, dass du nichts abkriegst!"

Wenig später saß die ganze Mannschaft versammelt am Küchentisch. Vater und Sohn Kroll waren frisch geduscht, Siggis Rastazöpfe gefielen Klara so schon wesentlich besser, und sie fühlte sich merkwürdig berührt, durfte sie doch davon ausgehen, dass er seine Haare nur gewaschen hatte, um bei ihr einen guten Eindruck zu machen. Van Kerkhof und Klara präsentierten den beiden Männern die Informationen, die sie an diesem Nachmittag erhalten hatten. Auf die Sache mit den Drogen reagierte Siggi sehr gelassen.

„Sie wissen vielleicht, wie das bei Jugendlichen ist. Man ist neugierig, probiert alles aus. Auch ich war so. Ich baute damals Cannabis im Garten meiner Mutter an und sagte ihr das auch. Sie lachte nur, weil sie es nicht glaubte. ‚Ja, ja, bau du mal schön Haschisch an!'. Als die Pflanzen dann größer waren, kamen irgendwann meine beiden Großcousinen zu Besuch. Sie sahen, was da im Garten so prächtig gedieh, und Mutter erzählte ihnen lachend, dass ihr Sohn Haschisch anbaue. Zunächst lachten die beiden noch mit, aber einen Tag später war die Polizei da. Sie behandelten mich wie einen Kriminellen und sagten, dass ich vielleicht ins Gefängnis müsse. Erst jetzt verstand meine Mutter, dass ich keine Scherze gemacht hatte, was die Pflanzen anging. ‚Was hast du mir nur angetan?' Noch genau habe ich im Ohr, wie sie lamentierte. ‚Aber ich hab es dir doch immer gesagt!', verteidigte ich mich, aber sie sagte nur, dass sie das Ganze nur für einen Scherz gehalten habe. Nun hatte ich aber Glück im Unglück: Bei einer Laboruntersuchung stellte sich heraus, dass ich die falschen Pflanzen angebaut hatte. Es gibt bei Cannabis wohl männliche und weibliche Pflanzen und nur die einen, welche, weiß ich nicht mehr, sorgen für einen Rausch. Meine jedenfalls nicht. Also erhielt ich eine fette Verwarnung und wurde wieder nach Hause geschickt. Die Pflanzen habe ich natürlich trotzdem entfernt." Siggi sah lächelnd in die Runde. „Das war alles zu meiner Drogenkarriere, die damit auch schon wieder zu Ende war. Sie sehen, was für ein gewiefter Bursche ich war und wie sehr ich mich offenbar mit Drogen auskannte."

„Das hast du mir noch nie erzählt!", sagte Julian.

„Wozu auch? Ist ja nichts, worauf ich stolz sein könnte. Sich mit Drogen erwischen zu lassen, die nicht mal welche sind, das kann nur einem Trottel passieren!"

„Nun gut: Haken wir das Ganze ab unter der Überschrift ‚Jugendsünde'", schlug van Kerkhof vor.

„Aber in Ordnung war das trotzdem nicht", warf Klara ein. „Wenn Sie wenigstens etwas draus gelernt haben."

„Das können Sie glauben. Ich habe seither einen großen Bogen um alles gemacht, was auch nur im Ansatz mit Drogen zu tun haben könnte."

„Aber Sie sehen schon so aus als ob", entfuhr es Klara, die dafür einen strafenden Blick van Kerkhofs einfing.

Siggi fasste in seine frisch gewaschenen Haare und lachte: „Deshalb, was?"

„Mein Dad ist halt ein Reggae-Freak", klärte Julian ihre Gastgeber auf. „Sie wissen doch, Bob Marley und so!"

Klara schüttelte den Kopf. Den Namen hatte sie noch nie gehört. Anders Pfarrer van Kerkhof. „Natürlich kenne ich Bob Marley. ‚No woman, no cry'", sagte er mit einem Zwinkern in Klaras Richtung und stimmte die Melodie an: „Tjo-lo-lo-lo-lo… ."

„Hören Sie doch auf, Sie immer mit Ihrem komischen holländischen Tjololo!", brach Klara seinen Vortrag ab.

Lachend wandte sich van Kerkhof an die beiden Männer: „Der Musikgeschmack meiner Haushälterin ist eher geprägt von deutschem Volksliedgut."

„Sie brauchen gar nicht so geschwollen daherzureden, Herr Pfarrer. Nur weil Sie mal was wissen, was ich nicht weiß!"

„Sie haben vollkommen Recht, liebe Klara. Wir sollten uns jetzt nicht über Musik streiten. Vielleicht berichten Sie Herrn Kroll jetzt einfach einmal von Ihrem Gespräch mit Frau Müller."

Da Klara keinen Grund sah, ihm zu widersprechen, gab sie kurz das Gespräch mit der alten Frau wieder.

Siggis Augen wurden dabei immer größer, und als sie geendet hatte, schlug er wütend mit der Faust auf den Tisch: „Das ist ja der Hammer! Wollen die zwei mich tatsächlich um mein Geld bringen!" Um sich zu beruhigen, atmete er tief durch und sah Klara und Pfarrer van Kerkhof abwechselnd an. „Ich nehme an, Sie wissen, worum es geht. Julian hat mir erzählt, dass sie den Brief meiner Tante gefunden haben. Dann wissen Sie auch, wen sie zu ihrem Erben machen wollte. Was aber jetzt in ihrem Testament steht, kann ich mir denken …"

Klara nickte heftig. „Ich auch!"

„Aber dagegen kann man doch vorgehen", meldete sich der Pfarrer zu Wort.

„Ich hoffe es", sagte Siggi. „Nur halte ich von unseren Gerichten nicht so viel!"

„Da nutzt abhauen aber auch nichts!"

„Sie haben ja recht, Frau Schrupp." Siegfried Kroll wurde ein ganzes Stück kleiner auf seinem Stuhl und er stammelte: „Aber … als ich von der Polizei hörte, habe ich Panik bekommen. Außerdem … naja, da gab es ja noch meine Nachricht auf Band an die Beierlein!"

„Mein Siggi ist manchmal etwas – wie würden Sie es sagen? – heißblütig," warf Julian ein. „Aber sonst ist er ein ganz netter Kerl."

„Sollten Sie sich nicht einfach der Polizei stellen?", fragte van Kerkhof. Der Pfarrer hielt diese Möglichkeit plötzlich keineswegs mehr für abwegig. „Ich meine, man will Ihnen offenbar Unrecht tun. Sie haben ein gutes Gewissen, und dann ist da ja noch der Hinweis von Herrn Rosenbaum." Er wandte sich Klara zu: „Haben wir das eigentlich schon erzählt?" Sie schüttelte den Kopf. „Scheint mir aber auch sowieso etwas merkwürdig."

„Bitte lassen Sie mich trotzdem nicht dumm sterben", drängte Siggi, worauf Klara ihm von dem unbekannten Mann berichtete, den Rosenbaum hinten in der Kirche gesehen hatte.

Siggi schien einen Moment lang nachzudenken. „Seltsam. Mir ist da auch kein so finsterer Typ aufgefallen. Aber ich könnte natürlich nicht beschwören, dass da niemand war."

„Ich schon eher. Schließlich hatte ich vom Altar aus einen guten Überblick!"

„Als ob Sie sich auf Ihre schlechten Augen verlassen könnten, Herr Pfarrer. Wenn Herr Rosenbaum sagt, dass da jemand war, dann wird schon einer dagewesen sein. Wozu sollte er uns belügen?"

„Wahrscheinlich haben Sie Recht, Klara. Aber nun noch einmal zu meinem Vorschlag. Warum stellen Sie sich nicht einfach der Polizei, Herr Kroll? Ich glaube nicht, dass Ihnen viel passieren kann."

„Weil ich mir sicher bin, dass die mir nicht glauben. Wenn meine lieben Großcousinen es geschafft haben, dass ich verdächtigt werde, legen sie bestimmt nach. Ich kenne sie, die sind da sehr kreativ."

„Bitte lassen Sie uns noch ein paar Tage hierbleiben", meldete sich Julian zu Wort. „Vielleicht hat sich dann alles geklärt. Gibt es nicht so was wie Kirchenasyl?"

„Lass mal gut sein, mein Sohn. Wir wollen unseren beiden Beschützern keine Unannehmlichkeiten machen!" Siggi legte kurz den Arm um die Schultern seines Jungen und blickte resigniert drein, woraufhin auch Julian den Kopf hängen ließ.

Für Klaras gutes Herz war das zu viel: „Sie gehen nicht von hier weg, Herr Kroll. Sie können hierbleiben, so lange Sie wollen. Wir werden den Fall schon aufklären, nicht wahr, Herr Pfarrer?"

Van Kerkhof blieb nichts anderes, als zustimmend zu nicken.

„Und wir stehen kurz davor!" Sie erzählte von der Begegnung, die Frau Müller auf dem Flur des Altenheims gehabt hatte.

Siggi schlug mit der flachen Hand auf den Tisch. „Wenn es wirklich so gewesen wäre, dass Frau Beierlein gesehen hat, wie die sich an dem Testament zu schaffen machten, dann wäre die Sache doch eigentlich ziemlich klar!", stieß er aufgeregt aus.

„Ich weiß, was Sie denken. Aber das ist alles zu vage", versuchte der Pfarrer seine Euphorie zu bremsen. „Zunächst kann sich Frau Müller nicht richtig erinnern, und dann ist es immer noch die Einfachheit ihrer Person, die der Sache im Wege steht. Man wird ihr nämlich nicht glauben."

„Sie immer mit Ihrem Pessimismus!"

„Ich bin Realist und kein Pessimist, liebe Klara!"

„Wir werden schon noch sehen, wer am Ende Recht hat!" Mit diesen Worten stand die Haushälterin auf und begann, den Tisch abzuräumen. „Wir sitzen schon viel zu lange hier. Gleich haben wir eine Fastenandacht zu halten." Damit war die Tafel aufgehoben.

Offenbar hatten Klaras Worte etwas in Siggi angestoßen, denn er wandte sich mit leiser Stimme an van Kerkhof: „Herr Pfarrer, ich würde ja mit in die Kirche, aber ..." Julian lachte auf. „Du in einem Tempel, da warst du doch schon ewig nicht mehr! ... Aua!" Siggi hatte dem Kommentar seines Sohnes mit einem Fußtritt Einhalt geboten.

Van Kerkhof kämpfte gegen sein Lachen, was ihm allerdings nicht ganz gelang. „Natürlich können Sie nicht mit zum Gottesdienst, Herr Krol. Wozu sollten wir Sie hier verstecken, wenn Sie dort jeder sehen kann?" Mit dieser diplomatischen Antwort war die Situation gerettet.

Am Sonntagvormittag versuchten sich die beiden Gäste unsichtbar zu machen. Das lag auch daran, weil Klara und van Kerkhof im Erdgeschoss heftig gestritten hatten. Wären Siggi und Julian schon längere Zeit hier gewesen, so hätten sie gewusst, dass dies nichts Ungewöhnliches war, sondern im Pfarrhaus schon fast die natürliche Verlängerung des Gottesdienstes. Wie immer ging es um die Predigt, die Klara – wie so oft – nicht gefallen hatte. Mit mehr oder weniger sachlichen Argumenten traktierte sie van Kerkhof, der ihr wieder einmal zu modern und weltlich gepredigt hatte. Geduldig wie immer versuchte van Kerkhof seine Linie zu verteidigen, doch da er von Klara zum Teil ziemlich hart angegangen wurde, blieb das ein oder andere laute Wort nicht aus.

Zum Mittagessen kamen Julian und Siggi so knapp wie möglich aus ihrer Rumpelkammer nach unten, da die Diskussion immer noch anhielt. Danach war es, wie jeden Tag um diese Zeit, sehr leise im Pfarrhaus. Pfarrer van Kerkhof hatte sich zum Mittagsschlaf niedergelegt, und nachdem Klara den Kaffeetisch vorbereitet hatte, legte auch sie sich auf die Wohnzimmercouch und schnarchte den Schlaf des Gerechten. Sie mochte noch nicht lange eingeschlafen sein, da klingelte es an der Haustüre. Schlaftrunken stand sie auf, um zu öffnen.

„Unverschämtheit, uns um diese Zeit zu stören", schimpfte sie auf dem Weg durch den Flur. Als sie den Schlüssel umgedreht hatte und die Haustür aufzog, wäre sie vor Schrecken fast in Ohnmacht gefallen. Vor ihr stand Kriminalhauptkommissar Hartwichs!

„Entschuldigen Sie bitte die Störung am heiligen Sonntag, aber …"

Klara ließ ihn nicht ausreden. „Wissen Sie, wie viel Uhr es ist? Der Pfarrer hält seinen wohlverdienten Mittagsschlaf!"

„Aber es ist wirklich wichtig. Es geht um Herrn Kroll!" Klara blieb fast das Herz stehen, und sie brachte kein Wort heraus, woraufhin der Kommissar sie forschend ansah. „Frau Schrupp, haben Sie vielleicht eine Ahnung, wo er geblieben ist? Seitdem wir ihn auf dem Campingplatz aufsuchen wollten, ist er verschwunden. Und nun …" Es war ihm anzusehen, wie schwer er sich tat, weiterzureden, „… nun haben wir einen Hinweis bekommen."

Klara hatte ihre Fassung wiedergefunden. „Sie glauben doch wohl nicht im Ernst, dass er hier im Pfarrhaus ist?!"

Hartwichs kratzte sich verlegen an der Wange und brachte schließlich stockend hervor: „Es ist nur, nun ja, der Hinweis halt … und da hieß es … man hat uns angerufen und gesagt, dass Herr Kroll vielleicht hier bei Ihnen ist."

„Ich kann mir denken, wer Ihnen das gesagt hat", entfuhr es Klara. „Sie sollten bei Ihren Ermittlungen lieber einmal dort ansetzen!"

Hartwichs trat unsicher von einem Bein auf das andere. „Darf ich vielleicht erst einmal hereinkommen? Wir müssen uns doch nicht auf der Straße unterhalten."

„Ausgeschlossen!", rief Klara lauter, als sie gewollt hatte. „Der Pfarrer schläft, nachher ist Taufe, danach sind wir zur Feier eingeladen. Sie wissen wohl nicht, dass der Sonntag in einem Pfarrhaus der anstrengendste Tag ist?"

Hartwichs wich unwillkürlich einen Schritt zurück, nahm sich dann aber ein Herz und machte einen neuen Versuch. „Ich kann mir das denken, liebe Frau Schrupp. Aber ich möchte ungern mit einem Durchsuchungsbeschluss kommen müssen."

„Das müssen Sie nicht! Kommen Sie morgen, und Sie können

sich davon überzeugen, dass wir keinen Herrn Kroll oder sonst jemanden bei uns verstecken."

Die Worte verfehlten ihre Wirkung nicht, denn es arbeitete offenbar in Hartwichs. Klara nutzte die Pause für eine Frage. „Wie kommen die Leute, die Ihnen den Tipp gegeben haben, eigentlich darauf, dass Sig ... Herr Kroll bei uns ist?"

Hartwichs hatte ihren Versprecher glücklicherweise nicht mitbekommen. „Man sagte uns, dass der Herr Pfarrer sich nach Herrn Kroll erkundigt habe. Da er das mit einer solchen Sympathie für den Gesuchten getan habe, sei möglicherweise davon auszugehen, dass er seine Recherchen in dessen Auftrag angestellt habe. Wenn das aber so sei, müsse er auch wissen, wo sich Herr Kroll aufhalte. Und naheliegend sei als Versteck nun mal das Pfarrhaus."

„Das hat man sich ja fein zusammengereimt", brauste Klara auf. „Sogar den Herrn Pfarrer mit hineinzuziehen! Eine Unverschämtheit ist das! Hier ist kein Herr Kroll, und wenn Sie jeden Winkel mit der Lupe durchsuchen!"

Der Kommissar kratzte sich erneut. „Nun gut, wenn Sie das so sagen ... vielleicht kommen wir dann doch besser morgen wieder."

„Tun Sie das", erwiderte Klara immer noch laut. „Und so ein Durchsuchungsdings brauchen Sie nicht. Aber kommen Sie nicht zu spät! Montags hat der Pfarrer seinen freien Tag, und da endlich mal gutes Wetter gemeldet ist, wollen wir morgen eine Fahrradtour machen."

Hartwichs tippte sich mit militärischer Geste an die Stirn und verabschiedete sich. Im Gehen drehte er sich noch einmal um. „Es wird später Vormittag werden, aber Sie können Ihre Tour auf jeden Fall noch einplanen."

„Das will ich auch meinen", entgegnete Klara streng.

Als sie die Tür hinter sich zugezogen hatte, lehnte sie sich mit dem Rücken dagegen und atmete tief durch.

„Das haben Sie prima gemacht, meine Liebe", war Pfarrer van Kerkhofs Stimme zu hören. Er hatte offenbar die ganze Zeit oben an der Treppe gestanden. „Ich wusste gar nicht, dass Sie so gut lügen können." Langsam kam er die Stufen herunter.

„Dafür habe ich jetzt einen Krampf!" Klara zeigte ihm ihre linke Hand, die sie während des Gesprächs mit Hartwichs in der Tasche ihrer Kittelschürze gehabt hatte. Mittel- und Zeigefinger waren noch immer gekreuzt. „Was man wegen Ihnen alles auf sich nimmt ..."

„Wegen mir?" Das Erstaunen van Kerkhofs war echt.

„Natürlich wegen Ihnen! Ich will nicht wissen, was Sie bei den beiden Schwestern alles erzählt haben Wie sollten die sonst darauf kommen, dass wir Siggi hier verstecken?"

„Ich meine eigentlich, dass ich sehr zurückhaltend war", verteidigte sich der Pfarrer.

„Sie und zurückhaltend. Sie haben sich bestimmt so ungeschickt angestellt wie immer!"

Der Pfarrer wollte gerade etwas Heftiges erwidern, als Siggi die Treppe herunterkam. „Bitte streiten Sie sich nicht. Das ist doch alles nur wegen mir! Ich werde jetzt meine Sachen packen und das Pfarrhaus verlassen."

„Das werden Sie nicht," sagte Klara in einem Tonfall, der keinen Widerspruch duldete.

„Aber Klara, hier kann er wirklich nicht bleiben. Sollen sie ihn etwa morgen finden und ins Gefängnis stecken?"

„Herr Pfarrer, Sie verstehen mal wieder gar nichts. Die Klara ist zwar nicht studiert wie Sie, aber sie hat das schon alles im Griff!"

Inzwischen war auch Julian hinzugekommen. Alle drei Männer sahen die Haushälterin fragend an.

„Haben wir nicht noch unser Häuschen?" Triumphierend blickte Klara in die Runde.

„Sie meinen das Gartenhaus auf dem kleinen Grundstück hinter dem Kindergarten?"

„Genau das meine ich, Herr Pfarrer! Da sucht die Polizei ganz bestimmt nicht, denn die wissen ja gar nicht, dass es das gibt."

„Außerdem ist es inzwischen völlig zugewachsen. Ein genialer Vorschlag, liebe Klara!" Van Kerkhof wandte sich seinen Schützlingen zu, die einen ziemlich ratlosen Eindruck machten. „Ich nehme an, jetzt wollen Sie mehr wissen, nicht wahr? Dank meiner Haushälterin werden Sie wahrhaftig an einem sicheren Ort unterkommen."

„Und da können Sie in Ruhe abwarten, bis wir den Fall gelöst haben", fügte Klara mit überbordendem Selbstbewusstsein hinzu.

11.

„Haben Sie die Kammer auch richtig aufgeräumt?", wollte Klara am Sonntagnachmittag am Kaffeetisch von Siggi und Julian wissen.

„Sie meinen, Ihr ganzes Gerümpel in der winzigen Bude da oben?", fragte der junge Kroll mit entsetzter Miene und erhielt dafür vom Vater eine Kopfnuss.

„Sie wissen, was ich meine: Sind alle Spuren von Ihnen beiden beseitigt? Morgen Vormittag rückt die Durchsuchungsarmee an. Während Sie es sich dann in unserer Laube gemütlich machen, werden wir hier gefilzt wie Schwerverbrecher."

„Na, na, Klara", mischte sich van Kerkhof ein. „Machen Sie unseren beiden Heimatlosen nicht noch obendrein ein schlechtes Gewissen. Außerdem war es Ihre Idee, die beiden bei uns unterzubringen." Es würde heute noch ziemlichen Stress geben, ahnte der Pfarrer; wenn etwas Wichtiges anstand, sprühte seine Haushälterin Funken. Und besonders in dieser Situation waren sie auf Klaras Regiment angewiesen – selbst drei Männer zusammen würden es nicht mit ihrem Organisationstalent aufnehmen.

Julian und Siggi übernahmen unaufgefordert den Abwasch, und van Kerkhof räumte das saubere Geschirr in den Schrank, während in der Küche kein weiteres Wort gesprochen wurde.

„Waren Sie schon drüben bei der Laube?", hörte van Kerkhof kurz darauf Klara von irgendwoher fragen. „Haben Sie aufgeschlossen und nachgesehen, ob Mäuse darin sind?"

Er schmunzelte: Wenigstens etwas, vor dem seine Haushälterin sich fürchtete!

„Alles erledigt, Klara, es waren nur zwei Mäusefamilien mit Nachwuchs dort. Die sind jetzt auf dem Weg zum Kindergarten." Er hörte sie im Obergeschoss grummeln und werkeln und gleich darauf rufen: „Und der Mäusemist? Haben Sie auch gefegt?"

„Auch das, liebe Klara", gab er untertänig zurück. Er beschloss, sich schon für den Umzug der zwei Männer fertigzumachen, bevor in dem kleinen Hausflur der große Aufbruch startete. So ergriff er seine flache karierte Schirmmütze von der Garderobenablage, schlüpfte in seine Jacke und horchte. An den Geräuschen über ihm erkannte er, wo sie sich gerade aufhielt: in seinem Schlafzimmer. Das Bett war längst gemacht, was also gab es dort für sie noch zu tun? Im nächsten Moment kam Klara schnaufend mit einer vollgestopften Reisetasche die Treppe herunter.

„Soll ich auch mit ausziehen?", fragte er irritiert.

„Quatsch! Unser Besuch braucht Handtücher und Waschlappen und etwas zum Anziehen, zumindest für nachts."

„Ach, und da haben Sie nun meine Schlafanzüge eingepackt?"

„Na, soll ich ihnen vielleicht Nachthemden von mir mitgeben?" Klara schüttelte den Kopf so heftig, dass van Kerkhof eine spontane Beobachtung nicht für sich behalten konnte. „Wissen Sie, dass Sie ein Doppelkinn entwickeln, Klara?" Das angesprochene Körperteil wollte ihr gerade herunterfallen und Klaras Mund sich zu einer heftigen Erwiderung öffnen, als der verbale Schlagabtausch durch ein Kichern Julians in der benachbarten Küche unterbrochen wurde: „Als ob wir Schlafanzüge tragen würden, was, Siggi?"

Van Kerkhof wusste, dass er seine Haushälterin damit provozierte, trotzdem klärte er sie auf: „Heutzutage schläft der moderne Mann ohne."

Klara hielt inne, dann vollzog sie so ausladende Armbewegungen, als treibe sie eine Herde Gänse.

„Sie will uns aus dem Haus schaufeln", sagte van Kerkhof zu Siggi und Julian, „wir sollten ihr unbedingt gehorchen."

„Richtig!", kommentierte Klara. „Aber hinten raus, durch die Terrassentür. Und warten Sie noch, das geht so nicht!" Schon hatte sie ihre kleine Gestalt vor Siggi aufgebaut, reckte sich und machte sich an seinen Haaren zu schaffen. „Gewaschen sind die Zöpfe auch nicht unauffälliger", meinte sie geschäftig, während sie mit beiden Händen alle möglichen Frisuren improvisierte, die Siggis Haarpracht ein wenig dezenter erscheinen lassen sollten. Als sie offenbar einsehen musste, dass ihre Bemühungen nur von bescheidenem Erfolg gekrönt sein würden, drehte sie sich plötzlich um und riss dem Pfarrer so rasch seine geliebte Mütze vom

Kopf, dass er nicht einmal mehr Zeit hatte zu protestieren. „So, die stopfen wir jetzt alle da hinein. Ihr Wiedererkennungswert mit dieser Matte ist mir nun doch zu hoch."

Van Kerkhof sah zu, wie Klara sich abmühte. Waren auf der einen Seite die Zöpfe verborgen, rutschten sie auf der anderen wieder heraus. „Jetzt halten Sie still, sonst hole ich eines meiner Kopftücher!", fuhr sie Siggi an, dem der Widerwille aus dem Gesicht sprang, während sein Sohn lauthals lachte.

Van Kerkhof triumphierte innerlich, als sich die außergewöhnliche Haarpracht am Ende doch als zu umfangreich herausstellte und ihm seine Kappe mit einer verärgerten Bemerkung wieder in die Hände gedrückt wurde. „Holen Sie mir die mit den Ohrenklappen!", befahl Klara, und als diese lederne, warm ausgekleidete Mütze mit den langen Schlappohren es schließlich vermochte, Siggis gesamte Frisur unter sich zu verbergen, merkte Julian trocken an: „Jetzt sieht er aus wie ein Cocker Spaniel."

Im Gänsemarsch stellten sie sich schließlich auf – der Pfarrer voran, ihm folgten die beiden Krolls, beladen mit Taschen und Tornistern, und Klara bildete das Schlusslicht, damit sie den Überblick über Männer und Umgebung behielt. Sie stapften durch den hinteren Garten aus dem Grundstück des Pfarrhauses hinaus, über einen schmalen Trampelpfad entlang des Kindergartenzaunes und umrundeten das gesamte Gelände des Spielplatzes. Außer einem alten Kater begegnete ihnen niemand auf ihrer kurzen Wanderung, und van Kerkhof atmete durch, als sie endlich durch das Tor des eingezäunten verwilderten Gartens schlüpfen und zwischen Wildwuchs und alten Wasserfässern verschwinden konnten.

„Wie das hier aussieht", stöhnte Klara, „der reine Urwald!"

Van Kerkhof hob gleichgültig die Schultern. „Wir haben oft genug darüber gesprochen und gemeinsam beschlossen: Bevor die Kirche uns den Garten nicht offiziell zum Bearbeiten übergibt, wollen wir hier keinen Finger rühren." Schon vor Jahren hatte er dem Bistum angeboten, das verwunschene Fleckchen Land herzurichten und zu pflegen, doch waren sich die Verantwortlichen offenbar bis heute nicht einig, wie ein Pfarrer für Gartenarbeit zu entlohnen war. Und da van Kerkhof wusste, wie Klara seinen zahlreichen Ehrenämtern gegenüber eingestellt war, hatte er es nicht gewagt, seinen Dienst gratis anzubieten, wenngleich es ihm beim Anblick all des verwahrlosten Grüns in den Händen juckte. Aber vielleicht gewann dieses kleine Grundstück mit der drei mal vier Meter großen Laube ja durch diesen plötzlichen Gebrauch mehr Ansehen in ihren Augen …

„Das wird ja fast so eng wie in der Rumpelkammer", tönte Julian mit einem Blick auf die zwei zusammengeschobenen Gartenliegen.

„Es zwingt dich niemand, bei mir zu bleiben", lautete Siggis Antwort, woraufhin Julian unsicher lächelte und beteuerte: „Ist doch Ehrensache, altes Haus!"

Der Pfarrer war erleichtert, dass sich Klara ausnahmsweise einmal nicht einmischte. Nur ihren Augen war die unverkennbare Empörung zu entnehmen; sie konnte mit Undank nicht gut umgehen, und vom zeitgemäßen Umgang eines Vaters mit seinem fast erwachsenem Sohn hatte sie schon gar keine Ahnung.

„Die Kühltasche mit Lebensmitteln bringt der Herr Pfarrer Ihnen später noch vorbei", entschied sich Klara für einen Themenwechsel. „Sollte da jemand ernsthaften Verdacht schöpfen und unser Pfarrhaus überwachen, könnte es sein, dass wir zwei Tage keinen Kontakt haben werden. Und kommen Sie nicht auf die Idee, durch die Gegend zu laufen oder mit Feuer zu spielen." Klara wandte sich jetzt zwar direkt an Siggi, schielte bei ihren Worten aber auch in Richtung ihres Chefs: „Falls Sie glauben, ich wüsste nicht, dass Sie heimlich rauchen, irren Sie sich genauso wie andere Leute, die denken, ich bekäme das nicht mit."

Van Kerkhof ließ seine Augen verlegen durch die Hütte kreisen und zwinkerte Vater und Sohn unauffällig zu. „Ich bringe Ihnen nachher noch ein paar Zeitungen und ein Kartenspiel. Mit irgendwas muss der Mensch sich ja beschäftigen. – Und dort in der Ecke stehen zwei Rohrstühle. Ich hoffe, die halten noch. Da können Sie sich schon mal zwischen den höheren Sträuchern ins Freie setzen."

„Dann aber nicht zu laut sein", ergänzte Klara. „Haben Sie die

Taschenlampen? Auch damit sollten Sie vorsichtig umgehen und nicht aus Langeweile rumspielen. Und immer daran denken: Es geht hier um Sie und Ihre Sicherheit. Wenn sie nicht auffliegen wollen, dann verhalten Sie sich auch so!"

Kurz darauf verließen van Kerkhof und seine Haushälterin das kleine verwilderte Grundstück, und als sie den Garten des Pfarrhauses erreichten, entdeckte der Pfarrer zu seinem Erstaunen Tränen in Klaras Augen, die sie versuchte wegzuwinkern.

„Nein, nein, die armen Jungen", murmelte sie nur vor sich hin.

Sie kamen zu zweit, um elf Uhr am Montagmorgen. Van Kerkhof sah sie zuerst. „Klara, unsere Freunde und Helfer haben Wort gehalten. Sie steigen gerade aus."

Während sich Klara hurtig mit der Tageszeitung auf das Sofa im Wohnzimmer plumpsen ließ und ihre Schuhe abstreifte, rief sie: „Dann lassen Sie sie doch herein! Tun ja auch nur ihre Pflicht."

Wie so oft konnte van Kerkhof seine Klara in diesem Moment nicht einschätzen. Sie führte doch wieder etwas im Schilde! Als es an der Haustür klingelte, vernahm er noch einmal ihre Stimme, diesmal jedoch gedämpft und im Selbstgespräch: „Denen wird die Lust am Stöbern noch vergehen..." Und einmal mehr wunderte er sich eine halbe Minute später, als er die zwei uniformierten Männer ins Wohnzimmer brachte.

„Ach du liebe Zeit, Sie habe ich ja ganz vergessen!", regte Klara sich künstlich auf und legte in Zeitlupe ihre Zeitung auf dem Tisch ab. „Aber wo nichts ist, da braucht man auch kein schlechtes Gewissen zu haben, nicht wahr, Herr Hartwichs?", sagte sie zuckersüß. „Dann gehen Sie mal los und tun, was Sie nicht lassen können. Aber bringen Sie bitte meine Wäsche nicht in Unordnung."

Van Kerkhof glaubte, nicht richtig zu hören. Wozu diese aufgesetzte Lockerheit? Und gewaschen hatte seine Haushälterin heute doch auch nicht...

Natürlich konnte sie es letztlich doch nicht lassen, den Polizisten eine giftige Bemerkung mit auf den Weg zu geben: „Wer es nötig hat, in unschuldiger Leute Sachen zu wühlen, sollte sich eigentlich erst einmal die eigenen Schmutzecken vornehmen. Aber bei Ihnen daheim wird gewiss alles hygienisch rein sein."

Hartwichs Wangen füllten sich mit Blut, und van Kerkhof wusste, dass der Mann sich eine Antwort lediglich aus Respekt vor ihm als katholischem Priester verkniff.

„Ah ja, das ist die Küche, hier war ich im vorletzten Jahr doch schon mal zum Teetrinken", merkte Hartwichs wie nebenbei an. Dabei spähte er möglichst unauffällig nach allen Seiten, um dann festzustellen: „Ja, stimmt, hier war die Speisekammer, aus der Frau Schrupp die leckeren Kekse geholt hat. Und dann war gegenüber auf dem Flur doch noch die kleine Toilette, die ich benutzt hatte …"

Der Pfarrer spürte, wie unangenehm Hartwichs dieser Gang durch ihre Privaträume war, und wie sehr er sich bemühte, unbeteiligt und wenig engagiert zu wirken. Dennoch klang bei jedem Wort seine innere Anspannung mit.

„Und dort im Vorbau ging es ja zu Ihrem Büro, nicht wahr?"

Van Kerkhof hatte wortlos die innere Haustür geöffnet und ließ den Männern den Vortritt. „Was ist da hinter der anderen Tür?", wollte der zweite Polizist wissen. Im Gegensatz zu seinem Chef schien er keinerlei Probleme mit der Hausdurchsuchung bei einem Pfarrer zu haben, kannte er doch weder die Personen noch deren Privatbereich, geschweige denn die Gottesdienste van Kerkhofs.

Der Pfarrer zuckte zusammen, weil Klara urplötzlich hinter ihm stand und statt seiner antwortete: „Dort ist das Büro unserer Sekretärin! Schauen Sie am besten mal unter dem Schreibtisch nach, vielleicht hat Frau Wischnewski sich ja da versteckt."

Jetzt hatte van Kerkhof das Bedürfnis, sich vermittelnd einzuschalten: „Ich muss mich für meine Haushälterin entschuldigen, aber sie hat grundsätzlich was dagegen, wenn man ihr etwas Böses unterstellt."

Hartwichs nickte nur, dann schob er sich an Klara und dem Pfarrer vorbei und ging zurück in den Hausflur. „Und dort oben?", fragte er mit Blick auf die Treppe.

„Da sind unsere Schlafzimmer. Sie müssen ja nicht unbedingt meine frisch bezogenen Betten zerstören, meine liebe Herren von der Polizei, nur, ob darunter geputzt ist, weiß ich nicht mehr so genau. Bevor Sie sich also auf dem Bauch Flusen an Ihren feinen Uniformen einfangen, hole ich doch besser erst nochmal den Staubsauger."

Van Kerkhof ahnte, dass Klara mit solchen Boshaftigkeiten den Polizisten das Suchen verleiden wollte. Sie sollten sich für ihr Eindringen schämen!

Doch der fremde Polizist erklomm bereits die hölzerne Treppe und Hartwichs folgte ihm achselzuckend. Klara verzog sich gleichmütig zurück ins Wohnzimmer und van Kerkhof blieb am unteren Treppenabsatz stehen. Es würden ohnehin keine drei Personen gleichzeitig in den engen kleinen Flur des Obergeschosses passen.

Wie perplex war er jedoch, als er lediglich die vier Türen klappern hörte und dazu jedes Mal ein verstörtes „Hoppla!", und schon im nächsten Moment die Männer wieder abwärts steigen sah.

„Und? Haben Sie gefunden, was Sie gesucht haben?", drang es aus dem Wohnzimmer. „Nicht? Dann haben Sie aber wenigstens Ihren Spaß gehabt, was?"

Das einzige, was van Kerkhof auffiel, als die Polizisten sich verabschiedeten, war die verschämte Miene Hartwichs, der in der Haustür leise sagte: „Haben Sie bitte Verständnis, Herr Pfarrer, ich habe sowieso nicht damit gerechnet, dass Sie im Falle eines Mordverdachts gegen uns handeln und einen Flüchtigen bei sich verstecken. Es war halt nur ..."

„... der Hinweis, ich weiß", ergänzte van Kerkhof und er hoffte, dass man ihm die Erleichterung nicht ansah. „Dann wünsche ich Ihnen weiterhin viel Glück bei Ihrer Suche", rief er, um rasch die Tür ins Schloss zu ziehen und sich umgehend auf den Weg ins Obergeschoss zu begeben. Irgendetwas musste dort diesen übereilten Abbruch und Aufbruch ausgelöst haben.

Die vier Räume hatte er schnell erfasst, genauso zügig wie die Polizisten, und auch ihm wäre beinahe deren Kommentar

„Hoppla!" herausgerutscht: In der Rumpelkammer lagen auf dem gemachten Gästebett Klaras Mieder. Er kannte sie nur von der Wäscheleine – hier breiteten sie sich jedoch mit aufgerichteten Brustteilen vor ihm aus wie eine drohende Vulkanlandschaft. Rasch schloss er die Tür wieder, um sich zu dem kleinen Badezimmer gegenüber zu begeben. Doch schon als er den Kopf hineinstreckte, baumelten ihm Klaras Strümpfe an einer gespannten Schnur um die Nase. In seinem eigenen Schlafzimmer erschreckte er sich vor seinem Talar, der schon beim Öffnen der Tür auf ihn zuzukommen schien. Klara hatte ihn auf einem ausladenden Bügel an den Garderobenständer gehängt und diesen mitten ins Zimmer gestellt. Dem gegenüber auf dem Bett lagen sämtliche schwarze Socken einzeln auf einem großen Badetuch, so akkurat wie eine gesammelte Armee im Aufbruch. Was sich hinter Klaras Zimmertür verbergen würde, konnte er sich schon jetzt denken, und er hatte Recht: All ihre großen Unterhosen waren dort ausgebreitet, hingen über Stuhl, Kommode und Bettkante.

Als er ins Wohnzimmer zurückkehrte, verbarg Klara ihr Gesicht hinter der aufgeschlagenen Zeitung. Ein wenig schien sie sich doch zu schämen. „Es war zu kühl für die Wäscheleine im Freien", sprach sie in die Zeitung hinein, ohne sich zu zeigen.

„Ja", sagte der Pfarrer, „das denke ich auch."

„Übrigens", drang es noch einmal durch das Zeitungspapier, „über das Doppelkinn müssen wir uns nochmal unterhalten."

„Gerne, Klara. Aber das war auch nicht so gemeint." Van Kerkhof zog den Kopf ein und schlich sich aus dem Haus. Im Moment hatte er ein starkes Bedürfnis nach der Einsamkeit seines Geräteschuppens und der kleinen Freude, die ihn dort erwartete.

12.

An diesem Mittag war Klara ungewöhnlich ernst. Selbst das Essen war schweigend verlaufen. Van Kerkhof entging nicht, dass ihre Augen unablässig die leeren Stühle am Küchentisch streiften. Von der geplanten Fahrradtour an diesem freien Montag war vorerst keine Rede, und das lag mit Sicherheit nicht an seiner bösen Bemerkung über Klaras Doppelkinn. Ob ihr die beiden Männer in dem kühlen Gartenhaus so leid taten, dass sie selbst litt? Der Pfarrer wusste, in seiner Haushälterin gab es einen überaus sensiblen und mitfühlenden Kern. Und war der erst aktiviert, war sie durch nichts und niemanden davon abzulenken. Dann hatten ihre Gefühle sie ganz im Griff, und damit sie sich nach außen hin dennoch als die unerschütterliche Person treu blieb, tat sie alles, um sich nicht zu offenbaren.

Im Moment saß sie da und strickte etwas, das aussah wie Topflappen – obwohl die Schublade unter dem Backofen voll davon war. Hatte seine Klara bereits so etwas wie einen Mutterinstinkt für die beiden Krolls entwickelt?

„Sie haben unsere zwei Gäste ins Herz geschlossen, nicht wahr?", wagte van Kerkhof sich vor, um so vielleicht doch ein Gespräch zu beginnen.

„Stören Sie mich nicht. Zwei rechts, zwei links, ein Überschlag … Gleich kann ich abketteln."

Dankbar griff der Pfarrer das letzte Wort Klaras auf. „Apropos Ketten: Ich habe unsere Fahrräder startklar gemacht, alles funktioniert. Die Reifen sind aufgepumpt, die Ventile dicht, die Ketten sind geschmiert und Ihr Sattel ist sauber."

Klaras Stricknadeln hielten inne und sie ließ ihren Kopf zum Fenster schnellen. Der Himmel war mittlerweile fast wolkenlos, so, wie sie es im Radio gesagt hatten. „Stimmt ja, wir wollten heute Rad fahren …"

„Und? Haben Sie Lust? Also ich finde, uns täte es richtig gut, mal den ganzen langen Winter aus dem Bauch zu treten. Sagt man so?"

„Aus dem Leib zu strampeln, meinen Sie. – Na, von mir aus. Aber keine weite Strecke. Denken Sie an mein Alter. Und wehe Ihnen, Sie fahren mir weg!"

Auf Klaras Drängen hin willigte van Kerkhof ein, unweit ihres Wohnortes in den Lahntal-Radweg einzusteigen. Pfarrer van Kerkhof schien mit seiner Vermutung richtig zu liegen: Seine Klara hatte nicht vor, sich zu weit von ihrem Zuhause und somit den beiden Krolls fortzubegeben. Was immer in ihrem Kopf vorging – sie wirkte fahrig und unkonzentriert. Schon als sie auf einem Seitenparkplatz vor der Alten Lahnbrücke hielten und die Fahrräder aus dem hinteren Teil ihres Autos zogen, stellte sie sich tapsig an und klemmte sich die Finger, beschimpfte die sperrigen Karosserien, und kaum stand ihr Fahrrad aufrecht, ließ sie es wieder umfallen und schrammte sich den Unterschenkel am Pedal.

Immer noch trug sie ihren Rock anstatt der bequemen Hose, die sie im letzten Jahr zum Radfahren anzog. Doch der Pfarrer verkniff es sich, sie darauf anzusprechen. Seine Bemerkung zu ihrem Doppelkinn tat ihm jetzt noch leid. Womöglich war sie über den Winter aus ihrer Hose herausgewachsen; er selbst hatte ja jetzt noch mit Klaras gelungenen Weihnachtsplätzchen zu kämpfen. Aber an ihr Hütchen hatte die Gute gedacht, wenn sie auch gleich wieder mehrmals würden anhalten müssen, weil es ihr vom Kopf geflogen war. Hingegen musste er sich um seine karierte Schirmmütze keine Sorgen machen. Sie hatte sich ihm im Laufe vieler Jahre angepasst wie eine zweite Kopfhaut.

Bis zur Schleuse hinter der Brücke schoben sie ihre Räder, erst dann stiegen sie auf und traten zum ersten Mal seit dem vergangenen Herbst wieder in die Pedale.

Der Pfarrer ließ Klara ein Stück vorausfahren, doch rasch fiel sie – vermutlich ganz bewusst – wieder ein Stück zurück. Es schien ihr unangenehm zu sein, bei ihrer noch etwas wackligen Fahrweise beobachtet zu werden. Einen halben Kilometer, dann war sie wieder im Tritt, dachte van Kerkhof amüsiert, indem er sich demonstrativ auf die Umgebung links von ihnen konzentrierte, dann wieder den Blick auf die Lahn zur Rechten richtete. Als sie am Campingplatz vorbei radelten, hörte er, wie Klara hinter ihm Selbstgespräche führte. Ganz eindeutig drehten sie sich um Siggis Wohnwagen. Ob sie etwas gesehen hatte?

„Was gibt es, Klara?", rief er über seine Schulter nach hinten und hörte sie daraufhin aus einiger Entfernung schimpfen: „Sie glauben doch nicht, dass ich mir die Seele aus dem Leib schreie, weil Sie wie einer Ihrer geliebten holländischen Rennfahrer davonjagen!" Einsichtig verlangsamte van Kerkhof seine Fahrt, und bald waren sie auf einer Höhe, genau unter der Autobahnbrücke. Nun musste er selbst jedoch aufpassen, dass er bei dem Schneckentempo im Gleichgewicht blieb.

„Was gab es dort hinten auf dem Campinglatz? Haben Sie etwas gesehen?"

„Na, was wohl? Den Wohnwagen von Siggi. Direkt am Zaun, ideal zum Abhauen. Da ist er neulich drüber, garantiert! Ich habe nur gesagt, wie schade, dass diese Anschrift bekannt war. Das wäre das schönste und sicherste Versteck für ihn gewesen", schnaufte Klara. „Und wenn Sie mich weiter verstehen wollen, dann fahren Sie langsamer!"

„In unserer Laube sind die beiden doch auch sicher", erwiderte van Kerkhof.

„Pssst, nicht so laut, Herr Pfarrer!", zischte Klara neben ihm. „Da seien Sie mal nicht so sicher, dass unsre Jungs dort sicher sind. Ich habe kein gutes Gefühl."

„Wir sind ja spätestens in zwei Stunden wieder daheim, Klara. Die beiden werden jetzt Karten spielen oder sogar den Mittagsschlaf halten, den wir uns versagt haben."

Klara war von ihrem Sattel abgesprungen und stand nun breitbeinig und etwas zitternd mitten auf dem Radweg. „In zwei Stunden?! Haben Sie vor, mit mir bis nach Frankfurt zu fahren?!"

Gern hätte van Kerkhof erwidert, dass sie bei Klaras Geschwindigkeit in dieser Zeit nicht sehr weit kommen würden, doch sagte er stattdessen: „Wir fahren einfach ein bisschen ohne allen Stress und beschäftigen uns mit unserem Fall, was meinen Sie?" Er wusste, dass sein Vorschlag ganz im Sinne seiner Haushälterin war, die ohnehin nichts anderes mehr im Kopf hatte. Sie nickte so heftig, dass ihr das Hütchen in die Stirn rutschte.

„Dann los, was haben wir?", fragte sie, indem sie sich wieder auf ihren Sattel setzte und nach ein paar Schlenkern wieder sicher geradeaus fuhr. Sie gab sich gleich die Antwort selbst. „Wir haben eine Leiche in Irma Zopfs Grab. Siggi hat sie gekannt, Frau Beierlein ist seine Vermieterin gewesen, die ihn wegen Zahlungsschwierigkeiten an die Luft gesetzt hat. Er spricht ihr daraufhin eine Drohung auf Band aus. – Nicht so schnell, Herr Pfarrer, wer erzählt, braucht Luft! – Die beiden Großcousinen kriegen das heraus und drohen, ihn endgültig fertigzumachen. Sie schwärzen ihn bei der Polizei als Mörder an. Er war ihnen schon immer ein Dorn im Auge, weil sie wussten, wie nah er seiner Tante stand, und damit Siggi sie nicht beerben konnte, haben sie Irma Zopfs Testament gefälscht. Dabei hat Frau Beierlein sie erwischt. – Macht gleich zwei Gründe, die Frau umzubringen. Jetzt kommt es mir: Ob Frau Beierlein deshalb in Ihre Sprechstunde wollte, um Ihnen von dem Testament zu erzählen?"

„Oha, Klara, Sie haben sich ziemlich an den zwei Großcousinen festgefressen, was? Sie wissen ja gar nicht, ob Frau Beierlein wirklich die Unbekannte war, die Frau Zopf im Altenheim besucht hat."

„Festgebissen heißt das. Und ja, das hab ich. Die sind nicht sauber, das wissen wir doch jetzt. Außerdem sind diese Hexen bei Ihrem Besuch hellhörig geworden und haben uns die Polizei auf den Hals geschickt. Und Frau Zopfs Besuch wird schon Frau Beierlein gewesen sein, da bin ich mir jetzt sehr sicher. Helga Müller hat sie ja so gut wie erkannt."

Zwei Radfahrer kamen ihnen entgegen und grüßten, und van Kerkhof lupfte seine Kappe und brauchte danach eine Weile, bis sie wieder an Ort und Stelle saß.

„Lassen Sie den Lenker nicht los, Herr Pfarrer, Sie sind nach dem langen Winter auch noch nicht voll radtauglich! Wenn Sie hinfallen, muss ich sehen, wie ich Sie wieder auf die Beine kriege. Wenn das dann überhaupt noch möglich ist."

„Ich werde schon nicht fallen. Weiter, Klara, was haben wir noch?", lenkte van Kerkhof von sich ab. Plötzlich bremste Klara so heftig, dass ihr Fahrrad eine tiefe Spur in den feinen Kies zeichnete.

„Jetzt weiß ich, wen unser Herr Rosenbaum mir am Samstag auf dem Friedhof so genau beschrieben hat! – Na, ich spreche von dem Fremden, der hinten in der Kirche gesessen haben soll. Der Kerl war doch erst neulich in der Zeitung, auf einem Fahndungsfoto! Ich weiß nicht mehr, was er angestellt haben soll. Aber warum war er bei Frau Zopfs Trauerfeier dabei?"

Van Kerkhof hatte auch angehalten und wartete auf Klara, die auf zitternden Beinen ihr Fahrrad schob. Sie war seltsam erregt und schüttelte den Kopf. „Das passt doch hinten und vorne nicht. Der Mann wurde wegen eines Bankraubs gesucht, wenn ich mich richtig erinnere. Vielleicht waren sie ja gerade hinter ihm her und er hat sich einfach in die Kirche geflüchtet, wo er nicht auffiel."

Eine eigenartige, dumpfe Melodie ganz in ihrer Nähe ließ Klara innehalten. „Was war das denn? Den Dudelton kenne ich doch …" Sie legte den Kopf schief und konzentrierte sich. Die Melodie wiederholte sich ein paarmal, erst dann reagierte der Pfarrer und griff in seine Jackentasche.

Klaras Augen weiteten sich. „Ach, Ihr altes Telefon! Dass es das noch gibt … Wer ist denn dran?"

Während van Kerkhof auf einen Knopf drückte und lauschte, sah er Klara mit immer größer werdenden Augen an.

„Nun sagen Sie schon, wer wusste denn, dass wir gerade Fahrrad fahren, Herr Pfarrer?" Klara rückte so weit vor, dass ihr Lenker sich mit dem van Kerkhofs verkeilte. Sie versuchte, den Hals bis zu dem großen, schwarzen Teil in seiner Rechten zu recken und legte eine Hand hinters Ohr, doch der Pfarrer verscheuchte sie mit einer entschiedenen Geste und umklammerte sein Telefon noch fester, als er ernst und deutlich hineinsprach: „Sie bleiben jetzt ganz ruhig. Nehmen Sie sich zehn Minuten und räumen Sie die Laube so auf, dass nichts mehr auf Sie beide hinweist." Er sah, wie seine

Haushälterin erblasste und samt Fahrrad ein Stück zurückwich. Rasch nickte er ihr ermutigend zu und gab sogleich weitere Anweisungen in sein Handy. „Hören Sie mir zu, Herr Kroll. Danach packen Sie alle mitgebrachten Dinge in die Tornister und gehen zu meinem Schuppen. Richtig, das ist der Kirchenanbau, in dem Sie sich neulich schon einmal versteckt hatten."

„Wie sollen sie denn da reinkommen?!" Klara beugte sich vor und stieß ihren Chef mit der Faust in die Seite, doch der ließ sich nicht unterbrechen und sagte betont deutlich: „Der Schlüssel liegt unter den dicken Kieselsteinen an der Marmorsäule hinter dem Turm."

Klara presste beide Hände erst vor den Mund, dann auf ihr Herz, als sie van Kerkhof abschließend sagen hörte: „Wir sind in einer halben Stunde wieder zuhause. Wir finden Sie im Anbau. Haben Sie mich verstanden?" Gleich darauf drückte er das Gespräch ab und steckte sein Handy zurück in die Seitentasche seiner Jacke.

Ohne dass Klara genau wusste, worum es ging, schien sie überaus bewegt zu sein. „Nein, wie Sie vorgesorgt haben, Herr Pfarrer, haben sogar den Schlüssel für unsere Jungs in der Säule hinterlegt … Das finde ich jetzt aber wirklich ganz besonders …"

„Der liegt immer da." Van Kerkhof hatte sein Fahrrad bereits umgedreht und stieg in den Sattel.

„Wie bitte? Der liegt da immer …? Also nein! … Aber was ist eigentlich passiert? … Das war Siggi, oder? … Ah, ich ahne es, Hartwichs hat ums Haus herum spioniert … oder? Herr Pfarrer, so warten Sie doch mal …"

Im Moment hatte van Kerkhof kein Verlangen nach einem Frage- und Antwortspiel. Dafür stand zu Wichtiges auf dem Spiel.

„Und? Habe ich es nicht eben noch gesagt? Die beiden sind nicht sicher in der Laube! Hab ich es doch geahnt …"

Van Kerkhof ließ Klara immer weiter hinter sich, hörte sie bald rufen und schimpfen, doch er war sicher, sie würde sein Auto von selbst finden, und wenn sie ankam, würde sein Rad längst im Kofferraum liegen und sie hätten somit wertvolle Zeit gespart.

Die Fahrt zum Pfarrhaus würde genügen, um alle Einzelheiten zu erzählen.

Als der Pfarrer am Steuer saß, war er dann doch erleichtert, dass seine Haushälterin überhaupt noch mit ihm sprach. „Es ist so, Klara: Siegfried und Julian haben an der Wand der Laube ein Klopfen gehört. Natürlich dachten sie, wir wären es, und haben die Tür geöffnet. Da sahen sie am Gartentor die Zwillinge der Großcousine Vogelsang stehen. Die Jungs haben mit Steinen gegen unser Gartenhaus geworfen. Ob sie dort einfach so herumspioniert oder Stimmen gehört haben, wer weiß, wie sie darauf gekommen sind. Ich könnte mir denken, dass ihre Mutter sich kundig gemacht hat über die Grundstücke um das Pfarrhaus und ihre Söhne dann losgeschickt hat."

„Und diese verdorbenen Früchtchen haben unsere Krolls dann herausgelockt und in der Tür gesehen", folgerte Klara mit geballten Fäusten.

„So muss es gewesen sein. Es hat wohl auch ein Wortgefecht zwischen ihnen und Julian gegeben. Siggi hat das unterbrochen und die Tür zugeschlagen."

„Ach, du meine Güte! Jetzt rennen die heim und erzählen den Hexen, dass unsere Jungs dort sind. Und dann kommt die Polizei, weil Vater Siegfried ja noch als flüchtig gilt. Selbst wenn er sich als unschuldig erweist, wird er eine ganze Zeitlang festgehalten und Ärger haben. – Und die anderen lachen sich ins Fäustchen."

„Leider ja, Klara. Die lachen vermutlich jetzt schon."

„Wie ... meinen Sie das, Herr Pfarrer? So kurz nach dem Tod wird kein Testament eröffnet, das geht doch gar nicht. ... oder doch?"

„Nein, das kann so nicht sein", gab van Kerkhof ihr Recht und rieb sich das Kinn, „aber solche geldgierigen Menschen haben die seltsamsten Ideen, um an ihr Ziel zu kommen."

„Was verschweigen Sie mir, Herr Pfarrer?", ging Klara ihren Chef an. „Wenn Sie sich schon die Bartstoppeln kratzen, halten Sie doch etwas vor mir zurück", bohrte sie ungeduldig weiter.

„Ich verschweige nichts, Klara, und vor Ihnen schon gar nicht.

Aber ich kann nicht genau wiederholen, was Siggi da alles ins Telefon gestammelt hat. Es ging auch um das Testament und dass er da keine Chance mehr hat ... Ach, fragen Sie unsere beiden Schützlinge doch gleich selbst, für mein Deutsch ging das alles zu schnell."

„Das werde ich, da können Sie Gift drauf nehmen. Und Sie nehmen besser öfter mal das Wörterbuch in die Hände und üben!", entschied Klara mit einem strengen Seitenblick auf ihren Chef. Doch umgehend schlug ihre Stimmung wieder um. „Der arme Siggi", seufzte sie. „Ich fürchte, durch die Fahndung nach ihm schaffen diese Geldgeier das sogar und kommen mit ihrem selbstgebastelten Wisch auch noch durch." Sie öffnete das Handschuhfach und kramte nervös darin herum, bis sie schließlich ausstieß: „Da ist er ja. Gott sei Dank!"

Der Pfarrer warf einen Blick auf die Hände seiner Beifahrerin, die schon zitternd mit den kleinen roten Perlen beschäftigt waren. Sie hatte ihren Rosenkranz schon länger vermisst. So schwieg van Kerkhof rücksichtsvoll, bis sie mit ihrem Kastenwagen in die Einfahrt des Pfarrhauses rollten.

Hatte Klara sich während der letzten Autominuten noch still und in sich gekehrt gezeigt, so gab sie sich beim Anblick der zwei Männer im Schuppen hinter der Kirche nun umso unbeherrschter.

„Haben Sie die Laube auch wirklich wieder in den alten Zustand versetzt und die beiden Liegen zusammengeklappt?" Van Kerkhof spürte, dass dies nur wieder Klaras Art geschuldet war, ihre sensible Seite mit allen Mitteln zu unterdrücken.

„Ich habe vor der Polizei schon meine Unterkleider zur Schau gestellt, um Ihre Haut zu retten. Aber ich lasse mir nicht nachsagen, der Herr Pfarrer und ich würden ab und zu gemeinsam in der Laube übernachten!" Siegfried Kroll und sein Sohn Julian kauerten frustriert auf dem Boden im Handwerksschuppen des Pfarrers. Klaras Frage beantworteten sie nur mit einem stummen Nicken.

„Was müssen Sie auch so naiv sein und einfach die Tür öffnen!

Wir haben Sie in ein Versteck gebracht, nicht in ein Kasperletheater, damit Sie schon beim kleinsten Händeklatschen hinter dem Vorhang herauskommen. Und was war das für ein Wortgefecht zwischen Ihnen und den Zwillingen, Julian?"

„Jetzt stehen Sie erst einmal auf", ging van Kerkhof mit ruhiger Stimme dazwischen. „Der Boden ist zu kalt, Sie hätten sich doch wenigstens auf eine Decke setzen können."

„Die wollten wir nicht schmutzig machen", sagte Julian und nahm dankbar die Hand des Pfarrers, um sich aufzurichten. Wie zwei Schiffbrüchige, die nach der Rettungsleine greifen, dachte van Kerkhof mitleidvoll. Doch Klaras Stimme durchbrach seine Emotionen. „Jetzt schauen Sie nicht so schuldbewusst drein! Erzählen Sie uns lieber ganz genau, wie das mit den Zwillingen war, und zwar alles und der Reihe nach! Wenn wir Ihnen weiterhin helfen sollen, brauchen wir die Wahrheit."

Es war Julian, der nun das Wort übernahm, denn sein Vater Siggi saß nur da und stützte resigniert den Kopf in die Hände.

„Es hat von außen an der Laube geklopft. Wir dachten, das wären Sie und haben die Tür aufgemacht. Aber da war niemand. Ich bin ein paar Schritte rausgegangen und habe mich umgesehen. Und da standen Marvin und Henning vorn am Tor und haben gelacht. Haben ‚Pleitewichser' gerufen und ‚Mörder'. Und ich hab zurückgerufen, sie wären doch nur neidisch auf meinen coolen Dad, und dass sie es nötig hätten, andere zu beleidigen, weil sie selbst nur geldgeile Schlampen als Mütter hätten ..."

„Na bravo! Da haben Sie die Knaben aber mal hübsch gereizt", kommentierte Klara, „die große Klappe über den Verstand breiten. Junge, Junge, Sie müssen noch viel lernen. – Und was weiter? Haben Ihre Großcousins Ihnen Recht gegeben und die Beleidigungen reumütig zurückgenommen?"

„Klara", sagte van Kerkhof einlenkend, „es ist jetzt, wie es ist. Lassen Sie Julian doch einfach mal erzählen." Seine Haushälterin ließ den Atem durch die Zähne entweichen und zog ein wenig den Kopf ein.

Julian Kroll hingegen schien ein Stück zu wachsen, als er fortfuhr: „Dann ging es erst richtig zur Sache. Marvin hat gemeint, kein Wunder, dass meine Mutter weggelaufen wäre. Sie hätte durchgeblickt, was für ein Looser mein Vater sei. Ein Dealer und Lügner. Und Henning hat gerufen: ‚Und jetzt auch noch ein Mörder!' Und dass die alte Tante Irma so einem niemals auch nur einen Cent vermacht hätte. Nur noch ein paar Tage, hätte ihre Mutter gesagt, dann gäbe es für Papa keine Chance mehr auf eine Erbschaft. Und jetzt würden sie heimlaufen und wir sollten uns schon mal auf die Polizei freuen. – Nur ihre Ausdrucksweise war etwas anders. Das will ich aber nicht genau wiederholen."

Klara nickte Julian plötzlich anerkennend zu. „Das ist gut so, ich will das auch gar nicht hören. – Jetzt verhalten Sie sich leise, der Herr Pfarrer bringt Ihnen gleich ein paar belegte Brote und heißen Pfefferminztee. – Kein Naserümpfen, der wird getrunken! Es ist kalt hier im Schuppen, und auf kranke Asylbewerber habe ich keine Lust."

Daraufhin wandte sie sich dem Pfarrer zu. „Und jetzt wird Ihre liebe Klara ein besonders freundliches Telefonat mit Siggis Großcousinen führen!"

13.

Am nächsten Tag war die Stimmung im Pfarrhaus sehr angespannt. Pfarrer van Kerkhof war von Klaras Standpauke am Telefon nicht sehr begeistert, und er fürchtete, dass Siggis Großcousinen ihm nun erst recht die Polizei ins Pfarrhaus schicken würden. Seine Haushälterin schien sich dagegen ihrer Sache sicher zu sein. Ihre Drohung, Kommissar Hartwichs von den Machenschaften der beiden Schwestern zu erzählen, hatte ihre Wirkung ganz bestimmt nicht verfehlt! Und weil sie bei ihren Andeutungen das Wort „Testament" nicht in den Mund genommen und auch nicht preisgegeben hatte, was sie von Helga Müller wusste, ließ sie die Bedenken des Pfarrers nicht zu, die Damen könnten nun vorgewarnt sein. Richtig gut hatte sie ihre Sache gemacht, fand Klara, und Siggi würde nun erst einmal durchatmen können. Umso mehr fuhr es ihr durch Mark und Bein, als es nach dem Mittagessen plötzlich an der Haustür klingelte. So schnell sie konnte, eilte sie hin, doch der Pfarrer war schneller. Er war bereits dabei, den Besucher in sein Büro zu führen und die ersten Sätze mit ihm zu wechseln. Glücklicherweise war es nur Pfarrer Tiedgen, der wiederum einen sehr verstörten Eindruck machte, das erkannte Klara auf den ersten Blick.

„Klara, bitte kommen Sie doch dazu,", forderte der Pfarrer sie mit ernster Miene auf. Es konnte sich also nicht um eine kirchliche Angelegenheit handeln, denn dazu hätte van Kerkhof sie sicherlich nicht gebraucht.

Im Büro gab Pfarrer Tiedgen ihr nur kurz die Hand. „Schön, dass Sie beiden sich die Zeit nehmen."

„Der Kollege bestand darauf, dass Sie dabei sind", sagte van Kerkhof in Richtung seiner Haushälterin.

„Sie sehen ja erbarmungswürdig aus, Herr Tiedgen!", entfuhr es Klara. „Soll ich Ihnen einen Kaffee machen?"

„Das ist nicht nötig, liebe Frau Schrupp. Lassen Sie mich gleich zur Sache kommen."

„Einen Moment noch …", bat van Kerkhof. Mit Genugtuung

registrierte Klara, wie er die Tür zum Büro von Frau Wischnewski zuzog. Pfarrer Tiedgen wartete, bis sein katholischer Amtskollege sich gesetzt hatte und zog einen Umschlag aus der Jacke, aus dem er zwei Schreiben hervorholte. „Diese habe ich eben bekommen", sagte er aufgeregt. „Sie wurden mir von einer Dame aus Frankfurt zugeschickt. Sehen Sie hier ..." Er gab van Kerkhof den ersten Brief.

„Sehr geehrter Pfarrer Tiedgen, ich bin eine Freundin von Veronika Beierlein", las Pfarrer van Kerkhof vor. „Sie bat mich, mehrere Briefe aufzubewahren und diese nach ihrem Tod an die von ihr bestimmten Personen aus ihrer Heimatstadt Limburg zu senden. Das beiliegende Schreiben ist an Sie adressiert. Ich habe den Brief in all den Jahren nicht geöffnet und weiß bis heute nicht, was darin steht. Nun, wo meine Freundin leider auf so schreckliche Art ums Leben gekommen ist, erfülle ich das Versprechen, das ich ihr gegeben habe und schicke Ihnen dieses Schreiben zu. Ich nehme nicht an, dass es Aufschluss geben kann über den Mord an meiner Freundin, denn der Brief wurde ja schon vor vielen Jahren abgefasst. Veronika schien es aber sehr wichtig, dass er nach ihrem Ableben in Ihre Hände gelangt. Sie ging aufgrund einer Herzerkrankung nicht davon aus, dass sie noch lange auf dieser Welt weilt. Dass es nun so schnell gegangen und auf so schlimme Weise geschehen ist, lässt mich unendlich traurig zurück. Ihre Anni Sprenger." Van Kerkhof ließ den Brief sinken und wusste nicht so recht, was er im Moment davon halten sollte.

„Da ist ja nur noch gar nichts dabei, dass sie Ihnen einen Brief hinterlassen hat. Aber es muss wohl noch etwas Besonderes drinstehen, wenn Sie das so aus der Fassung bringt", sagte Klara.

Pfarrer Tiedgen nickte. „Bevor ich Ihnen den zweiten Brief zeige, lassen Sie mich erst etwas erzählen." Die beiden Zuhörer merkten, wie ihn das Ganze mitnahm und ließen ihm deshalb die Zeit, die er brauchte, um zur Ruhe zu kommen, wenn Klara auch unter dem Tisch mit dem übergeschlagenen Fuß ungeduldig wippte.

Es verging eine gefühlte Ewigkeit, die aber höchstens eine Minute dauerte, als Pfarrer Tiedgen stockend ansetzte: „Sie müssen wissen, dass Frau Beierlein und ich uns von früher her kannten. Wir gingen zusammen auf die Tilemannschule hier in Limburg, wo sie ein Jahr vor mir Abitur gemacht hat. Sie war übrigens eine Lieblingsschülerin von unserer Verstorbenen Irma Zopf."

„Hab ich es nicht gesagt?", rief Klara in van Kerkhofs Richtung. „Sie war im Altenheim! Die Lieblingsschülerin wollte ihrer Lehrerin zum Neunzigsten gratulieren!"

Pfarrer Tiedgen blickte abwartend von einem zum andern, als jedoch keine Reaktionen mehr folgten, fuhr er fort: „An der Uni in Frankfurt sind wir uns dann Jahre später wieder über den Weg gelaufen. Weil wir beide aus Limburg kamen, haben wir uns dann mehrmals verabredet, woraus im Laufe der Zeit eine Art Freundschaft wurde."

„Aha!", warf Klara erneut ein. „Deshalb standen Sie also so konfus am Grab, als Frau Zopf beerdigt wurde. Sie hatten die Tote sofort wiedererkannt. Und nichts gesagt!"

„Vielleicht nicht zu Ihnen, aber der Polizei habe ich das natürlich erzählt", sagte Pfarrer Tiedgen mit einem betrübten Blick aus dem Fenster ins Geäst der alten Linde.

„Aber gerade uns hätten Sie …"

Mit einer unauffälligen Geste gebot Pfarrer van Kerkhof seiner Haushälterin Einhalt, und zu seiner Erleichterung sah er, dass Klara wirklich den Kopf senkte und sich auf die Lippen biss.

Pfarrer Tiedgen reagierte nur mit einem leichten Schulterzucken auf Klaras Einwurf und fuhr fort: „Im Gegensatz zu mir schien Veronika an den Wochenenden keinerlei Lust zu verspüren, nach Hause zu fahren. Überhaupt war sie nicht gut auf ihre Heimatstadt zu sprechen. Irgendwann, wir waren zusammen auf einer Studentenfete und sie hatte etwas getrunken, da erzählte sie mir dann den Grund: Es hatte nämlich überhaupt nichts mit der Stadt Limburg als solcher zu tun, sondern mit einem furchtbaren Ereignis …" Pfarrer Tiedgen stockte und man sah, dass er mehrmals schlucken musste.

„Weiter!", drängte Klara, woraufhin Pfarrer van Kerkhof sie

mahnte: „Lassen Sie ihn, Sie sehen doch ..." Als er ihr dabei die Hand auf den Arm legte, schüttelte sie diese instinktiv ab, sagte aber nichts.

„Es geht schon wieder, Entschuldigung." Tiedgen hatte sich offenbar wieder gefangen. „Das, was jetzt kommt, ist einfach zu schrecklich. Aber es nutzt ja nichts, ich muss es Ihnen sagen: Veronika ist als junges Mädchen ... vergewaltigt worden. Hier, in ihrer Heimat!'

Entsetzen breitete sich in den Gesichtern von Klara und Pfarrer van Kerkhof aus.

„Ja, es ist schauderhaft", nickte Tiedgen traurig. „Es war bei einer Kirmes. Als sie mit einer Bekannten nach Hause gehen wollte, fiel eine Clique junger Männer über die Mädchen her. Die Begleiterin konnte weglaufen, dafür vergingen sie sich an Veronika gleich mehrfach. Angeblich hat sie das derart traumatisiert, dass sie nie eine normale Beziehung zu einem Mann führen konnte."

„Schrecklich!" Klara schlug die Hände vor dem Gesicht zusammen, während der Pfarrer immer nur wieder fassungslos den Kopf schüttelte.

„Leider ist es wahr", sagte Pfarrer Tiedgen leise. „Veronika hat dieses Verbrechen niemals vergessen."

„Aber wer waren die Täter? Die zeigt man doch an! Hat sie das denn getan?"

„Das hat sie nicht, Frau Schrupp. Die Jungen hatten sie offenbar völlig eingeschüchtert. Außerdem kam der Einzige, den sie kannte, aus einem wohlhabenden und einflussreichen Elternhaus."

„Aber Ihnen hat Sie den Namen verraten?"

Tiedgen schüttelte den Kopf. „Hat sie nicht, Herr Kollege. Jedenfalls nicht ... bis heute."

„Was heißt das: Bis heute?" Klara konnte ihre Neugierde kaum mehr zügeln.

Pfarrer Tiedgen schob ihr mit zitternder Hand das zweite Schreiben zu. „Hier, lesen Sie."

Klara nahm ein zusammengefaltetes Blatt aus dem offenen Kuvert, rückte ihre Brille zurecht und verschlang förmlich die wenigen

Zeilen, die auf dem Papier standen. Beim Lesen weiteten sich ihre Augen immer mehr, dann sank sie kreidebleich in ihren Stuhl zurück. Wortlos gab sie den Brief an Pfarrer Kerkhof weiter. Als dieser ebenfalls gelesen hatte, nahm er die Brille ab und wischte sich ungläubig über die Augen. „Dat is toch niet mogelijk!", entfuhr es ihm in seiner Muttersprache und wieder: „Dat is toch niet mogelijk!"

„Doch, das ist möglich, Herr Pfarrer, es steht dort schwarz auf weiß!" Klara hatte ihre Fassung als Erste wiedergefunden. „Es ist möglich! Herr Rosenbaum, unser Bestatter Herr Rosenbaum war es!"

Pfarrer Tiedgen nickte traurig. „So ist es. Er war offenbar unter denjenigen, die Veronika Beierlein seinerzeit dieses fürchterliche Verbrechen angetan haben. Über all die Jahre haben beide ihr Geheimnis mit sich herumgeschleppt."

„Deshalb ist Frau Beierlein auch von Limburg weggegangen!"

„Richtig, Frau Schrupp. Und sie hat ihn nicht angezeigt, weil sie sich sicher war, dass man ihr sowieso nicht glauben würde."

„Da mag sie Recht gehabt haben", warf Pfarrer Tiedgen ein. „Das war damals auch noch eine andere Zeit."

„Die Ärmste, wie mag sie gelitten haben!" Klara kamen die Tränen. „Ich kann das alles gar nicht glauben."

„Wir müssen es ihr glauben", sagte van Kerkhof. „Das sind wir ihr schuldig."

Klara entgegnete nichts. Ihrer wechselnden Gesichtsfarbe entnahm van Kerkhof, dass die Fantasie seiner Haushälterin gerade übel mitspielte. Er legte die Hand auf ihre Schulter, was sie sich ausnahmsweise sogar gefallen ließ.

Nach wenigen Augenblicken hatte sich die tapfere Klara wieder gefangen, sie zog ihr großes Taschentuch aus dem Ärmel, wischte sich ein paar Tränen ab und sagte in altgewohntem Kommandoton: „Und, wissen die Herren denn, was das nun zu bedeuten hat? Die Fakten liegen ja jetzt wohl ganz klar auf dem Tisch."

„Das bedeutet für mich im Moment, dass auf Herrn Rosenbaum einiges zukommt. Ich weiß nicht, ob eine Vergewaltigung jemals verjährt, aber sein guter Ruf ist dahin."

Klara schlug sich mit der Hand an den Kopf: „Sie stehen mal wieder auf der Leitung, Herr Pfarrer! Kapieren Sie etwa auch nicht, Herr Tiedgen?"

Der Angesprochene sah sie fragend an: „Was sollte ich denn nicht kapieren?"

Verzweifelt reckte Klara die Arme zur Zimmerdecke: „Oh Herr, lass Hirn regnen! Deine Vertreter hier auf Erden – ob katholisch oder evangelisch – sind aber wirklich zu gar nichts zu gebrauchen!"

Zwei ratlose Augenpaare waren auf sie gerichtet. „Dann will ich Ihnen mal auf die Sprünge helfen. Also: Herr Rosenbaum hat vor vielen Jahren Frau Beierlein Gewalt angetan. Ihr Leben war dadurch zerstört. Gewiss trachtete sie all die Jahre nach Rache. Bei der Beerdigung von Irma Zopf sah sie ihren Peiniger nun mehr oder weniger zufällig wieder. Die beiden werden sich vor der Trauerfeier draußen begegnet sein. Sie hat ihn wiedererkannt, hatte vielleicht sogar gewusst, dass sie ihn dort antreffen würde. Sie sprach ihn an, hat ihn mit dem konfrontiert, was er damals getan hat. Vielleicht hat sie ihm damit gedroht, hier und jetzt alles auffliegen zu lassen. Für Rosenbaum stürzte in diesem Moment die Welt zusammen. Alles, was er sich im Leben aufgebaut hatte, war dahin. Da nahm er einen Stein und … Peng!" Sie klopfte sich mit der Faust auf den Kopf. Triumphierend blickte sie auf die beiden Männer, die sie mit großen Augen anstarrten. „Nun gucken Sie doch nicht so belämmert! Geht das etwa nicht in Ihre geistlichen Schädel hinein?"

„Oh doch. Aber natürlich! Das … leuchtet mir alles absolut ein", sagte Pfarrer Tiedgen, ohne auf ihre harschen Worte zu reagieren. „Rosenbaum wäre also nicht nur ein Vergewaltiger sondern auch ein … Mörder!"

Erneut geriet Klara in Wallung. „Er kam ja schon mit roten Flecken im Gesicht in den Trauergottesdienst. Und ich wollte ihm auch noch raten, seinen Blutdruck messen zu lassen! Der Schweiß stand ihm auf der Stirn … Ha, das war der reine Mörderschweiß!" fügte Klara atemlos hinzu. Ihre Arme beschrieben weite Kreise und ihre Wangen schienen die beschriebenen Flecken des Bestatters übernommen zu haben. „Deshalb brauchte er auch diesen ominösen Fremden, der hinten in der Kirche gesessen haben soll, den Bankräuber aus der Zeitung! Der ist doch niemals in der Kirche gewesen! Und jetzt gibt es auch noch einen Grund, warum die Tote Sie damals um einen Gesprächstermin gebeten hat. Sie wollte Ihnen nicht nur von dem Testament, sondern auch von dem erzählen, was Rosenbaum ihr angetan hat. Sie muss mitbekommen haben, dass Sie viel mit ihm zu tun haben und wollte ihn bestimmt bei Ihnen anschwärzen, Herr Pfarrer. – Herr Pfarrer? Könnten Sie jetzt auch mal etwas dazu sagen?"

Van Kerkhof stieß schwer die Luft aus. „Unvorstellbar, unser Herr Rosenbaum." Er schüttelte immer wieder mit dem Kopf. Doch in all seinem Entsetzen wuchs in ihm zugleich die Hochachtung vor seiner Haushälterin. „An Ihnen ist eine Polizistin verlorengegangen, teure Klara."

„Nein, nein, bloß nicht!", erwiderte Klara nicht ohne Stolz. „Wer sollte denn da Ihr Durcheinander in Ordnung bringen?"

„Aber was ist jetzt zu tun?", drängte Tiedgen nervös. „Wir müssen zur Polizei gehen, auch wenn der Täter der angeblich so ehrenwerte Herr Rosenbaum ist."

„Sie haben vollkommen Recht, Herr Kollege!" Entschlossen stand van Kerkhof auf und griff zum Telefonbuch.

„Wissen Sie die Nummer der Polizei denn nicht auswendig?", fragte Klara vorwurfsvoll. „Sie kennen doch auch alle Lieder im Gesangbuch mit Nummern und Seitenzahlen …"

„Man telefoniert schließlich nicht jeden Tag mit denen, liebe Klara!" Van Kerkhof blätterte umständlich in dem dicken Buch, als es plötzlich an der Haustür klingelte. Während es ein zweites und drittes Mal läutete, wurde die Bürotür aufgestoßen. Siegfried Kroll stand aufgelöst vor ihnen. „Die Polizei ist draußen! Julian hat sie oben kommen gesehen, es ist die Polizei!"

„Herr Kroll!", entfuhr es dem überraschten Pfarrer Tiedgen.

„Ja, der Herr Kroll", sagte Klara spitz, „na und?"

Tiedgen hatte die Situation rasch erfasst: „Ah, verstehe. – Oho!

Gut, wie Sie das gemacht haben, Herr Kollege! Dann muss Herr Kroll vor der Polizei ja nun eigentlich keine Angst mehr haben."

Siggi blickte verwirrt in die Runde und stand da wie versteinert.

„Sie haben Recht, Herr Kollege. Und deshalb: Lassen Sie uns öffnen!" Van Kerkhof stand auf und machte einen großen Schritt auf die Tür zu.

Siggi drückte sich rückwärts gegen die Wand. „Aber Sie können mich doch nicht …"

„Werden wir auch nicht", sagte der Pfarrer nur und schob ihn sanft zur Seite. Langsam ging er auf die Haustür zu und öffnete sie. Kommissar Hartwichs stand vor ihm. „Sie müssen gar nicht lange nach Herrn Kroll suchen", empfing der Pfarrer ihn grußlos. „Er ist hier, und er ist unschuldig!"

Hartwichs war sichtbar perplex angesichts des ungewohnten Tonfalls und der überraschenden Nachricht, so dass auch er den Gruß vergaß. Trotzdem hatte er sich rasch wieder unter Kontrolle. „Wir sind nicht wegen Herrn Kroll hier. Wir wissen, dass er unschuldig ist."

„Ach, haben Sie das endlich auch begriffen?" Klara hatte sich neben den Pfarrer in die Türöffnung geschoben und funkelte den Kommissar böse an.

„Bitte, lassen Sie uns jetzt nicht streiten", bat Hartwichs fast flehentlich. „Sie müssen uns helfen!"

Erst jetzt nahmen Klara wie auch Pfarrer van Kerkhof wahr, wie aufgeregt der Mann war. „Dann kommen Sie doch erst einmal herein. Wir müssen das ja nicht auf der Straße besprechen."

„Dazu ist keine Zeit, Herr Pfarrer. Sie müssen mitkommen, ich bitte Sie: Helfen Sie uns!" Hartwichs schien kurz davor, die Fassung zu verlieren.

„Nun mal ganz langsam, mein Lieber." Der Pfarrer bemühte sich um einen möglichst ruhigen Ton. „Was ist los?"

„Herr Rosenbaum", stammelte der Polizist. „Herr Rosenbaum steht auf dem Dom und will springen!"

Klara und van Kerkhof gaben einen Laut des Entsetzens von sich.

„Er ist vermutlich der Mörder von Frau Beierlein", versuchte Hartwichs ihnen möglichst sachlich zu erklären. „Seine Tochter rief uns an. Ihr Vater habe einen Brief erhalten, woraufhin er außer sich gewesen sei."

Klara schlug sich an den Kopf. „Der Brief! Diese Anni Sprenger hat ja geschrieben, dass sie mehrere Briefe verschickt hat. Auch Herr Rosenbaum muss eine Nachricht von ihr erhalten haben. Und was da drin steht, dürfte sogar für Sie, Herr Pfarrer, leicht zu erraten sein!"

„So ist es", nickte Hartwichs heftig. „Sie schreibt ihm von einer Vergewaltigung, die er in jungen Jahren an ihr begangen haben soll, und dass nun, nach ihrem Tod, die ganze Welt davon erfahren wird! Vermutlich hat sie ihm bei der Beerdigung von Frau Zopf diese Sache an den Kopf geworfen, und er hat daraufhin ..." Der Polizist wurde plötzlich stutzig. „Haben Sie etwa auch ein Schreiben von ihr bekommen?"

„Wir nicht, aber der Kollege Tiedgen!"

„Ich muss das jetzt nicht verstehen, Herr Pfarrer. Aber egal, das können wir alles später klären. Also, was ist nun, kommen Sie mit? Rosenbaums Tochter sagte, dass jetzt nur noch der Herr Pfarrer helfen kann. Zu ihm habe ihr Vater Vertrauen."

Van Kerkhof ging kurz in den Hausflur und kam mit seinem Mantel zurück. „Was für eine Frage!", sagte er. „Klara, bitte gehen Sie wieder ins Büro und klären Sie Herrn Tiedgen und die Krolls auf, was geschehen ist."

„Aber ..." Klara stand für einen Moment der Mund offen. „Soll ich denn nicht auch mitkommen?"

„Wenn Sie wollen, können Sie gerne mit Herrn Tiedgen nachkommen. Aber im Moment dauert das alles zu lange." Van Kerkhof stürmte aus dem Haus und eilte mit Kommissar Hartwichs auf den wartenden Streifenwagen zu.

„Warten sie doch, Herr Pfarrer, Ihre Mütze!" Ein energisches Abwinken war die Antwort auf Klaras Fürsorge, doch in diesem Moment konnte sie ihm nicht einmal das übelnehmen.

Im Türrahmen hinter Klara erschien van Kerkhofs Sekretärin.

„Was ist denn los, Frau Schrupp? Warum haben die denn ... den Herrn Pfarrer mitgenommen? – Er wird doch nichts mit dem Mord zu tun haben ..."

Die kriegt aber auch alles mit, dachte Klara und spürte den Ärger heiß in der Kehle aufsteigen. „Passen Sie auf, was Sie sagen, Frau Wischnewski. Fragen Sie sich lieber mal, ob Sie mit solchen Gedanken hier am richtigen Platz sitzen!"

Oh, das hatte gut getan! Diese Person war ihr schon immer ein Dorn im Auge. Klara ließ die verdutzte Sekretärin stehen und machte auf dem Absatz kehrt, um ins Haus zu stürzen. Dabei brummelte sie vor sich hin: „Dann sind die zwei Hexen also raus aus der Sache ... Zu schade aber auch ..." Sie streckte nur kurz den Kopf durch die Bürotür. „Herr Tiedgen, bringen Sie Herrn Kroll und Julian mit raus und fahren Sie uns alle zum Dom! – Nein, keine Erklärungen jetzt, ich erzähle Ihnen das alles im Auto!"

14.

Vor dem Dom hatte sich bereits eine beträchtliche Menschenmenge versammelt. Gemeinsam war den Schaulustigen, dass ihre Blicke allesamt nach oben gerichtet waren – auf den linken, den Nordturm des Domes. Auf einem Fenstersims stand dort in schwindelerregender Höhe ein Mann. Ein winziger Schritt, und er würde in die Tiefe stürzen.

Der Wagen von Kommisar Hartwichs war noch nicht zum Stehen gekommen, als Pfarrer van Kerkhof auch schon in aller Eile ausstieg. Er schirmte mit der Hand die Augen ab, um den Blicken der anderen zu folgen. Sein Herz hämmerte wild. Dieses bedeutungsvolle, ihm so ans Herz gewachsene Bauwerk mit der momentanen Situation in Einklang zu bringen, wollte ihm nicht gelingen.

Ein jaulendes Martinshorn näherte sich, und kurz darauf bog ein weiterer Polizeiwagen auf die Domplatte. Ihm folgte ein Feuerwehrfahrzeug, dessen Insassen in Windeseile ein Sprungtuch unterhalb des Turmes entrollten.

Kommissar Hartwichs und seine Kollegen bahnten Pfarrer van Kerkhof den Weg durch die Menschen. Die meisten der Neugierigen wichen freiwillig zur Seite, andere mussten mit sanfter Gewalt aus dem Weg geschoben werden. Trotzdem erreichten sie rasch den Eingang des Domes, wo sie von mehreren Polizisten bereitwillig durchgelassen wurden.

„Dort geht es hinauf", rief einer von ihnen der kleinen Gruppe nach, die bereits das hohe Mittelschiff der Kathedralkirche betreten hatte.

„Als würde ich unseren Dom nicht kennen", murmelte Pfarrer van Kerkhof missmutig, und er ging, so schnell er konnte, auf die Treppe zur Empore zu. Vorbei an der großen Orgel führten seine Schritte zielstrebig zu einer hölzernen Tür, die hinauf in den Nordturm führte und jetzt offenstand. Oh ja, er kannte sich hier aus, nicht selten hatte er diesen inoffiziellen Aufstieg gemeinsam mit dem Küster nehmen dürfen, um ganz hinauf zum Glockenturm zu steigen. Die Aussicht von dort hinunter auf die Alte Lahnbrücke hätte er unter anderen Umständen bestimmt genossen. Aber jetzt war keine Zeit dazu: Es ging um Leben und Tod.

Er wies die anderen an, hinter ihm zu bleiben, und bat sie, sich leise zu verhalten – ein Aufmarsch der Polizei könnte hier mehr Schaden anrichten als Gutes bewirken.

Schritt für Schritt nahm er die ausgetretenen Steinstufen der engen Wendeltreppe, fand mit der linken Hand Halt an der Treppensäule und krallte die Finger seiner rechten zwischen die grob gehauenen Steine der seitlichen Mauer, um sich aufwärts zu ziehen.

Die Anstrengung ließ den Pfarrer schon bald in Schweiß ausbrechen. Mit aller Macht verdrängte er sein Alter und zwang sich, weiter eine Stufe nach der anderen zu nehmen.

Endlich musste er fast die Höhe erreicht haben, wo Rosenbaum hoffentlich noch immer stand. Es war die zweite Etage des Turmes, und seiner Kenntnis nach lag darüber nur noch der Raum mit den Glocken. Keuchend drehte sich van Kerkhof um und flüsterte: „Woher wissen Sie eigentlich, dass er es ist? Man kann ihn von unten doch kaum erkennen?"

„Der Domkaplan hat ihn entdeckt. Er ist noch oben, aber Rosenbaum will nur mit Ihnen sprechen," flüsterte der Polizist zurück, der gleich hinter ihm war.

Van Kerkhof stieg die letzten Stufen vorsichtig empor. Neben der Treppe stand ein junger Mann in schwarzem Talar. Er legte den Finger auf die Lippen. „Ich nehme an, Sie sind Pfarrer van Kerkhof? Der Mann steht dort draußen ... auf dem Sims." Er zeigte auf die Fenstereinfassung, durch die Rosenbaums Gestalt zu erkennen war. Im Innern lag auf dem Holzboden ein spitzes Werkzeug, mit dem das Schutzgitter offenbar aufgebrochen worden war.

Fest drückte der Bestatter sich draußen gegen den schmalen, überstehenden Mauerrand, umklammerte mit einer Hand eine der blaugelben Fresken, die am Stein angebracht waren. Seltsamerweise rasten van Kerkhof gerade jetzt die Erklärungen des Domküsters durch den Kopf, dass diese nach oben hin spitz zulaufenden Einfassungen die ersten in der Baugeschichte überhaupt waren, die nach einer vorgegebenen Form angefertigt wurden. Und dann musste er sich noch eines Gedankens erwehren, den er in diesem tragischen Moment für völlig verfehlt hielt: Musste Rosenbaum sich für sein Vorhaben ausgerechnet einen so heiligen Ort wie den Dom aussuchen?

„Seien Sie bitte vorsichtig, er scheint zu allem entschlossen!", sagte der junge Geistliche mit bebender Stimme. Dann trat er zur Seite, um dem Pfarrer Platz zu machen.

Van Kerkhof atmete tief durch. Er musste zur Ruhe kommen. Nichts, aber auch gar nichts durfte er in den nächsten Minuten falsch machen. Langsam setzte er einen Fuß vor den anderen, bemühte sich, das knarrende Geräusch der Holzdielen so leise wie möglich zu halten und die Situation zu erfassen. Heinz Rosenbaum hatte dem Raum den Rücken zugewandt. Doch so leise der Pfarrer auch gekommen war, Rosenbaum hatte ihn trotzdem gehört.

„Eine Schritt näher und ich springe!", rief er mit aufgeregter, schriller Stimme, und van Kerkhof nahm für einen Augenblick die dunkelrote Färbung seiner Wangen wahr.

„Keine Sorge, ich komme nicht näher, Herr Rosenbaum", sagte er so ruhig wie möglich.

„Ich springe sowieso! Es ist alles vorbei! So ein Schwein wie ich hat auf dieser Welt nichts verloren!" Die Stimme des Bestatters überschlug sich fast.

„Jeder Mensch hat seinen Platz auf Gottes Welt. Auch der Sünder!"

„Was reden Sie denn da, Herr Pfarrer! Wissen Sie denn, was ich getan habe?" Rosenbaum sah ihn mit wirrem Blick an. Das sonst immer so sorgfältig nach hinten gekämmte Haar fiel ihm in die Stirn und sein Hemd hing ihm halb aus der verschmutzten Hose. Er war kaum wiederzuerkennen.

„Ich weiß", sagte der Pfarrer. „Ich weiß alles. Und dennoch ist das kein Grund, uns allen noch mehr Schmerzen zuzufügen."

„Ich habe sie vergewaltigt! Habe mich an ihr vergangen wie eine Bestie!", schrie Rosenbaum.

„Das ist viele Jahre her", versuchte van Kerkhof weiter beruhigend auf ihn zu wirken, während er unmerklich einen weiteren Schritt auf das Fenster zuging. „Sie waren jung. Sicher, das schmälert nicht Ihre Schuld, aber Sie waren ein anderer Mensch."

„War ich nicht! Ich bin schlecht. Ein Mensch, der das Leben nicht verdient hat!" Rosenbaum machte eine gefährliche Bewegung in Richtung der gähnenden Tiefe, die sich vor ihm auftat, so dass nun Pfarrer van Kerkhof fast die Beherrschung verlor und ihm laut und energisch zurief: „Nein, tun Sie es nicht! Wollen Sie nach Ihren Sünden auch noch als einer gehen, der vor seinen Taten davongelaufen ist? Wollen Sie noch mehr Unglück bringen über die Menschen, die Sie lieben? Sie würden damit eine weitere Sünde auf sich laden."

Van Kerkhof hatte den Eindruck, dass der Bestatter innehielt und ihm zuhörte. Ob es ihm jetzt vielleicht gelang, weiter in Rosenbaums Bewusstsein vorzudringen? Kaum merklich bewegte er sich einen Schritt auf ihn zu. „So manch einer wird darauf warten, dass sie vor ihm auf dem Pflaster aufschlagen. Sterben können Sie aber noch früh genug. Nehmen Sie lieber die Chance wahr, vorher noch das zu klären und zu sagen, was Ihnen wichtig ist, in Ihrem und im Sinne Ihrer Familie, und die Reue zu zeigen, die Sie gerade empfinden."

Er wusste, dass er hoch gepokert hatte, doch seine Worte verfehlten ihre Wirkung nicht. „Aber ich habe … sie umgebracht!" Rosenbaums Stimme wurde bei diesen Worten immer leiser. Van Kerkhof hielt es für besser, jetzt nichts zu sagen, denn er hatte das Gefühl, dass der Mann sich ihm nun vielleicht mitteilen würde.

Eine lange Pause trat ein, während der Rosenbaum reglos auf dem Fenstersims verharrte. Van Kerkhof hielt das Schweigen aus und wartete. Minuten vergingen, bis Rosenbaum mit gebrochener Stimme ansetzte: „Ich war kaum zwanzig. Wir waren unterwegs in dieser Nacht und hatten getrunken, so viel getrunken … Dieser verfluchte Alkohol. Dann liefen uns diese beiden Mädchen über den Weg. Sie waren hübsch, ich kannte Veronika ja. Wir wollten nur unseren Spaß haben, aber sie wehrten sich. Dann sind wir über sie hergefallen ... wie die Tiere!" Rosenbaums Körper schüttelte sich angewidert.

„Erzählen Sie ruhig weiter", forderte der Pfarrer ihn vorsichtig auf, „ich bin da. Ich höre Ihnen zu, niemand außer mir hört, was Sie sagen."

Rosenbaums Gestalt spannte sich noch mehr an, seine Schuhsohlen traten auf der Stelle im Fledermauskot, der das gesamte Sims bedeckte. „Ich habe diese Bilder nie vergessen. Veronika, wie sie dalag. Wie immer zwei von uns sie festgehalten haben und der dritte ... und der vierte ... Mein ganzes Leben lang habe ich diese Bilder vor mir gehabt. Keine Nacht, in der ich nicht davon geträumt habe." Rosenbaum wurde plötzlich ruhiger, schien abwesend bei dem, was er berichtete, ganz gefangen von den Eindrücken, die er gerade mit dem Pfarrer teilte. „Immer wieder das verzweifelte Mädchen unter mir. Und über ihr ich, die Bestie, und dann noch die anderen ... Es gab keinen Morgen in all den Jahren, an dem ich nicht zur Polizei gehen wollte. Oft war ich schon auf dem Weg dahin, aber dann verließ mich jedes Mal der Mut. Ich dachte an meine Frau, an meine Kinder, an alles, was sie verlieren würden. Und trotzdem konnte ich ihnen manchmal kaum in die Augen sehen ... Können Sie das verstehen, Herr Pfarrer?"

„Ja, das kann ich. Wir alle neigen dazu, unsere eigenen Interessen zu schützen. Sie waren schuldbeladen und feige. Und Feigheit gehört nun einmal zu uns Menschen. Auch Petrus war im entscheidenden Augenblick feige", antwortete van Kerkhof so besonnen wie möglich.

„Ich dachte irgendwann, diese quälenden Bilder seien Strafe genug. Dieses verpfuschte Leben mit seinen zwei Seiten. Doch dann ..." Rosenbaum schluckte und redete nicht weiter.

„Was war dann?" Pfarrer van Kerkhof stellte diese Frage so behutsam wie möglich, und es gelang ihm, den verzweifelten Mann zu einer Antwort zu bewegen.

„Es war kurz vor der Trauerfeier. Ich wollte gerade noch mal zum Grab gehen, um zu sehen, ob alles seine Ordnung hatte. Da stand sie auf dem Friedhof plötzlich vor mir. Stand da wie ein Geist aus einer anderen Zeit. Sie fragte mich, ob ich sie noch kennen würde, ob ich mich erinnere. Ich weiß nicht mehr, ob ich eine Antwort gegeben habe. Gnadenlos rief sie die Bilder von damals wach, führte mir jedes Detail vor Augen. Erst war sie noch ruhig, doch dann wurde sie laut, beschimpfte mich … mich, ihren Vergewaltiger. Der Verbrecher, der ihr Leben auf dem Gewissen hatte! Sie schrie, und ich wusste nicht, was ich machen sollte. Denn … sie … hatte ja … so Recht."

Rosenbaum war am Ende, er brachte die letzten Worte nur schluchzend hervor. Pfarrer van Kerkhof war völlig ratlos. Innerlich rief er den lieben Gott und alle Heiligen an, dass sie ihm doch helfen möchten, das Richtige zu tun. Doch der verzweifelte Mann auf dem Fenstersims ließ ihm keine Zeit, in sich zu gehen.

Völlig fremd war seine Stimme, als er nach einer winzigen Verschnaufpause wieder ansetzte: „Sie hat gesagt, ‚Heinz Rosenbaum', hat sie gesagt, ‚ich will, dass du dich ein Mal so fühlst, wie ich mich in all den Jahren gefühlt habe. Gedemütigt und misshandelt und missbraucht.' Genau so hat sie es ausgedrückt. Und psychisch krank ist sie geworden, hat ihr Studium nicht zu Ende gebracht und nie geheiratet, weil sie die Männer hasste! Und all das wegen ein paar Minuten, in denen wir verdammten Idioten unseren Spaß haben wollten!" Rosenbaum warf Pfarrer van Kerkhof den Blick eines Kindes zu, das um Zurechtweisung bettelt, doch der Pfarrer war in diesem Augenblick nicht in der Lage zu reagieren. Ihm tat sich das volle Ausmaß dessen auf, was dieser armen Frau angetan worden war. Wie zur Strafe für van Kerkhofs Schweigen übernahm Rosenbaum wieder das Wort, wobei seine Stimme so fremd und nüchtern klang, als spräche da ein unbeteiligter Dritter: „Tja, das einzige Glück, das sie in ihrem Leben gehabt hat, war das reiche Erbe ihrer Eltern, ansonsten wäre sie wegen mir sicher in der Gosse gelandet. Hass, nichts als Hass war ihr Leben, Hass auf das Glück anderer Menschen, Hass auf Gott, weil er ihr Unglück zugelassen hat, und Hass auch auf ihr einst so geliebtes Limburg, weil ihr dort all das Schlimme angetan wurde. Und schuld ... schuld daran bin einzig und allein ich. – Das hat sie mir immer wieder auf den Kopf zu gesagt." Er schnaufte plötzlich wie ein wildes Tier. „Und? Was sagt der Herr Pfarrer zu so einer christlichen Leistung?" Rosenbaums Stimme hatte jenen zynischen Unterton angenommen, den van Kerkhof ansonsten nur von üblen Gotteslästerern kannte, die ihn als Gläubigen damit treffen wollten.

„Da fehlen selbst unserem werten Pfarrer die Worte, was? Und warum hat Ihr Gott denn nicht eingegriffen und einfach tatenlos zugesehen, als sich vier seiner Geschöpfe betrunken an der jungen Frau vergriffen haben? Hat ihm der Teufel in dem Moment vielleicht ein Schnippchen geschlagen und uns als seine Werkzeuge missbraucht?"

Die Provokation in dieser Frage ließ van Kerkhof plötzlich seine Berufung bewusst werden, und er verließ sich ganz auf seine christliche Überzeugung. „Wir Menschen haben unseren freien Willen, Herr Rosenbaum, Sie wie auch ich wie auch alle anderen. Glauben Sie mir, wenn wir den nicht hätten, gäbe es kein Unrecht auf der Welt und kein Morden. Und auch keine Vergewaltigungen." Er erschrak vor seiner eigenen Erwiderung, ahnte er doch, was diese nach sich ziehen konnte. Andererseits fühlte er sich nicht im Geringsten verpflichtet, einem Verbrecher zuliebe seine Treue zu Gott zu verraten! Er nahm sich ein Herz und hoffte, dass er sich in dieser schrecklichen Situation richtig verhielt. „Allerdings waren Sie damals fremdgesteuert. Der Alkohol hatte die Herrschaft über Sie übernommen, und wenn der gleich über mehrere Menschen regiert, hat er enorme Macht."

Abermals veränderte sich Rosenbaums Stimme, diesmal klang es verächtlich, als er sagte: „Ach, machen wir uns doch nichts vor, Herr Pfarrer. Natürlich wussten wir alle trotz Alkohol immer noch, was wir taten. Das hat sie mir auf dem Friedhof auch vorgehalten, die Veronika!" Sein Körper bebte vor Aufregung, als er fortfuhr: „Mich hat sie angeblich am meisten gehasst. Sie hat Pläne geschmiedet, wie sie sich an mir rächen kann, hat mein

Leben verfolgt, versucht, Schwachpunkte zu finden, um mir nur irgendwie zu schaden. Aber sie wurde nicht fündig, denn da sei einfach nichts gewesen. Sie beschimpfte mich als Saubermann, der das, was er ihr angetan habe, offenbar nur als Jugendsünde betrachtete. Aber so leicht würde ich ihr nicht davonkommen. ‚Denn jetzt … jetzt ist es endlich so weit!', hat sie gesagt." Rosenbaum schrie die letzten Worte heraus, er hatte offenbar Veronika Beierlein genau vor Augen und nahm nicht wahr, dass der Pfarrer sich erneut ein kleines Stück auf ihn zubewegte.

Es mochten nun nicht mehr als zwei Meter Abstand sein, die die beiden Männer voneinander trennten, und doch erschien van Kerkhof diese kurze Entfernung aussichtslos in Anbetracht der Umstände und der Verzweiflung des Mannes dort draußen am Abgrund.

„‚Vor der ganzen feinen Trauergesellschaft werde ich den Herrn Bestatter jetzt entlarven, ich werde in die Kirche gehen und es allen sagen, selbst wenn ich mich dabei noch einmal erniedrigen muss.' Dann hat sie mich ganz seltsam angesehen und gesagt: ‚Es sei denn, Sie tun das selbst.' – Ha, sie wollte, dass ich mich vor allen selbst anklage." Rosenbaum lachte gekünstelt auf, dann schnappte er nach Luft, um weiterreden zu können, und aus dem Schreien wurde ein Brüllen: „Ich geriet in Panik! Ich war außer mir! Können Sie das verstehen?"

„Ich kann verstehen, was in diesem Moment in Ihnen vorging. Bitte, lassen Sie uns doch in Ruhe darüber sprechen … Hier drinnen. Steigen Sie runter, kommen Sie zu mir." Der Pfarrer wusste noch im selben Moment, dass sein verzweifelter Versuch keine Wirkung zeigen würde.

„Ich will nicht sprechen. Jetzt nicht mehr! Ich will nur …" Rosenbaum schloss die Augen und sprach nun mit erschreckend leiser Stimme weiter. „Ich drehte mich um und ließ sie stehen, hoffte, dass sie vielleicht doch einfach schweigen würde. Aber sie lief mir nach bis zum Grab von Frau Zopf, schimpfte und drohte unentwegt, wurde dabei immer lauter! Da sah ich plötzlich diesen großen Stein. Ich bückte mich", er ahmte diese Bewegung nach,

„nahm ihn auf und ..." Bei den letzten Worten hatte er die Arme erhoben, streckte sich nach hinten, als wolle er weit ausholen. Doch diese Bewegung war zu viel für seinen angespannten Körper: Der Bestatter geriet aus dem Gleichgewicht, torkelte und – wurde von Pfarrer van Kerkhof an der Jacke gepackt und ins Zimmer gezogen, wo er auf den Rücken fiel und die Hände auf sein Gesicht presste!

Sofort war Kommissar Hartwichs mit zwei Kollegen zur Stelle, die sich um den wimmernden Mann kümmerten. „Warum? Warum haben Sie mich nicht sterben lassen?", rief Rosenbaum weinend dem Pfarrer zu.

„Weil Sie nicht noch mehr Unglück über die Menschen bringen dürfen", antwortete van Kerkhof ruhig, aber sehr bestimmt. „Seien Sie der Mann, für den Sie sich ein Leben lang ausgegeben haben. Stehen Sie zu Ihrer Verantwortung und lassen Sie Ihre Familie damit nicht alleine. Sie werden Ihre Zeit zur Buße erhalten, und das wird Ihnen guttun."

Dann wandte sich der Pfarrer ab und bekreuzigte sich mit den Worten: „Herr, vergib ihm seine Schuld!"

Kommissar Hartwichs legte ihm die Hand auf die Schulter: „Gut gemacht, Herr Pfarrer!"

Geistesabwesend drehte sich der Angesprochene um. Sein Gesicht war grau wie Stein. „Brauchen Sie mich noch?"

„Jetzt nicht. Später."

Mit schweren Schritten ging van Kerkhof an Hartwichs vorbei und trat, ohne sich noch einmal umzusehen, den Weg nach unten an. Langsam stieg er Stufe für Stufe hinab, umklammerte dabei immer wieder die Säule der Wendeltreppe, spürte er doch, dass alle Kraft ihn verlassen hatte. Wie im Traum erschienen ihm die Leute, die ihm auf der Empore entgegenkamen, um oben auf dem Turm zu helfen.

Ein Handwerker hielt ihn am Arm fest. „Tut mir leid, ich wusste nicht ... ich hatte die Tür aufgelassen ... wollte oben auf dem Glockenturm doch nur zwei lockere Dielenbretter ausbessern ... wer konnte denn so was auch ahnen ... und da hat er mir mein Stemmeisen einfach aus der Hand gerissen und ist an mir vorbei ..."

Van Kerkhof nickte nur und legte kurz seine Hand auf die des Mannes, die noch immer seinen Oberarm umfasste. Dann wandte er sich ab und ging wie betäubt die Treppe hinunter ins Kirchenschiff.

Endlich, wie nach einer Ewigkeit, trat er ins Freie. Plötzlich hörte er eine bekannte Stimme laut rufen: „Wo ist er denn nur, der Herr Pfarrer? Nicht, dass er mir da oben herumturnt, so ganz schwindelfrei ist er nämlich nicht ..."

Näher kam sie, die Stimme, und sagte plötzlich in altvertrautem Tonfall: „Endlich, Herr Pfarrer, wo bleiben Sie denn so lange? Ich habe mir schon Sorgen um Sie gemacht."

„Ich ..." Mehr konnte van Kerkhof nicht sagen, denn er sank erschöpft in Klaras Arme.

„Aber Herr Pfarrer, was ist denn mit Ihnen los?" Hilfesuchend wandte sie sich um. „Siggi, so kommen Sie doch! Ich brauche Sie hier! Der arme Mann kann nicht mehr. Wir müssen ihm helfen!"

Dann war Siegfried Kroll auch schon zur Stelle und half Klara, den Pfarrer langsam aufzurichten, bis er wieder fest auf den Beinen stand.

„Gott sei Dank!", rief Klara erleichtert. „Hier sind doch so viele Leute vor der Tür. Was sollen die denn nur denken?"

15.

Durch die großen Fensterscheiben floss das Sonnenlicht wie der Strahl eines goldenen Scheinwerfers in die Cafeteria des Seniorenheimes. Es war der erste Frühlingstag, an dem die Heizkörper kalt bleiben konnten.

Eine kleine Person wippte aufgeregt in ihrem Rollstuhl und schlug mit der Hand gegen das Fensterglas. „Schwester, die Lahn glitzert wie meine Halskette! Schauen Sie doch!"

Eine Pflegerin legte liebevoll den Arm um die zierliche Seniorin. „Wundervoll, da haben Sie recht, Frau Hummel. Dann wird die Lahn wohl auch aus Silber sein."

Fasziniert blickte die alte Dame wieder über die Dächer Limburgs hinunter auf den glänzenden Fluss in der Ferne und verharrte still in ihrem Sitz auf Rädern. Die große Kaffeerunde in ihrem Rücken schien sie nicht im Geringsten zu interessieren. Genügsam knetete sie ein Stückchen des Hefezopfes in ihren Händen, der in Bastkörbchen auf dem großen Tisch verteilt stand.

„Herr Pfarrer, nun verschütten Sie doch nicht alles!"

„Ich verschütte gar nichts!" Trotzig zeigte van Kerkhof auf die weiße Tischdecke, die in der Tat vollkommen sauber und trocken war. „Sagen Sie mir lieber, wie Sie meine Gedenkansprache für Frau Zopf fanden, Klara!"

„Bei der ich Ihnen geholfen habe! Nun, die war in der Tat treffend und gefühlvoll. Und die Hauptsache war, dass Sie es waren, der die Gedenkstunde gehalten hat, das hat uns vor der Anwesenheit der beiden Hexen bewahrt. – Was meinen Sie, Siggi?"

„Sie haben recht, leider und zum Glück", nickte Siegfried Kroll mit betrübter Miene. „Auf Ihren Herrn Pfarrer sind meine Großcousinen nicht mehr gut zu sprechen." Sein Blick wanderte ein wenig verschämt an van Kerkhof vorbei, der seinerseits grinsend zurücknickte.

„Nur keine Hemmungen, lieber Siegfried, was wahr ist, ist wahr", sagte der Pfarrer gut gelaunt und lud sich das dritte Stück Hefezopf auf seinen Teller. Wie immer hielt er kurz inne, doch es folgte kein Protest aus Klaras Richtung. Den hätte er in diesem Fall auch ignoriert, weil es ja gewissermaßen Irma Zopf war, die hier zum letzten Mal an ihre Tafel geladen hatte.

Van Kerkhof sah hinüber zu deren ehemaligem Platz an der Kopfseite des Tisches. Wie damals, zu Frau Zopfs 90. Geburtstag, umrundete auch heute dort eine Blumengirlande die Stelle auf dem Tischtuch, an der normalerweise ihr Gedeck gestanden hätte. Stattdessen stand ihr Foto in der Girlande, das ihr liebenswertes Gesicht mit den unzähligen Falten und den zartblauen, etwas wässrigen Augen zeigte. Am oberen Rand des Bilderrahmens war ein schwarzes Band angebracht. Es entging van Kerkhof nicht, dass Siggis Augen immer wieder verstohlen dorthin wanderten.

Auch einer der anderen Gäste am Tisch konnte den Blick kaum von Irma Zopfs Foto abwenden. Es war Helga Müller, die ehemalige Putzfrau und Freundin der Verstorbenen. Klara hatte sich weit genug von ihr fortgesetzt – sie verspürte nicht die geringste Lust, an das Gespräch neulich auf dem Friedhof anzuknüpfen.

Zum wiederholten Mal seufzte Helga Müller mit geröteten Tränensäcken: „So eine Gute war das. Und wenn sie noch so oft das Klo verstopft hat!"

Klara stieß Pfarrer van Kerkhof in die Seite und flüsterte ihm ins Ohr: „Ich habe Ihnen noch gar nicht gesagt, wer das ist. Das ist die Wirre vom Friedhof, die, die mir erzählt hatte, dass sie die beiden Schwestern gestört hat, als sie mit Irma Zopf ein Testament aufgesetzt haben. Sie sagten doch neulich, dass Sie Frau Müller kennen."

Der Pfarrer zog verstehend die Brauen nach oben, nickte nur und fragte zur Auflockerung der traurigen Stimmung: „Wo ist eigentlich Julian?"

„Draußen hinterm Gebüsch am Rauchen", sagte Klara.

„Er tritt morgen wieder seine Arbeit an. Die Krankmeldung ist abgelaufen", sagte Siggi rasch, dem die Raucherlust nach dem Kaffeetrinken ebenfalls ins Gesicht geschrieben stand, der sich aber der Umgebung zuliebe zusammenriss, wie Klara schon die ganze Zeit erkannte.

Soeben öffnete sich die Schwingtür zur Cafeteria und eine alte Frau im dicken Wintermantel wackelte herein. „Ha, ich seh es Ihnen an, Herr Pfarrer, da fehlt Ihnen nun der Name zur Dame, was?", neckte Klara genießerisch. „Dann denken Sie mal scharf nach!"

Während van Kerkhof noch grübelnd die Stirn in Falten legte, half ihm eine Pflegerin auch bereits aus der Patsche: „Aber Kathrinchen, ist es nicht ein bisschen zu warm für deinen dicken Mantel?"

Die Augen der alten Frau blieben am Pfarrer haften, und sie schenkte ihm ihr schönstes Lächeln; wenn er es richtig beobachtete, färbten sich sogar ihre Wangen wie bei einem jungen Mädchen. Ob sie ihn mit jemandem aus ihrer Vergangenheit verwechselte?

Klara war von ihrem Stuhl aufgestanden und eilte der Frau zur Hilfe. „Na komm, Kathrinchen, lass die Hüllen fallen, ich helfe dir", bot sie mit ausgebreiteten Armen an. Mit immer noch starrem Blick auf den Pfarrer sagte die alte Dame: „Jaja, heute soll man gleich die Hüllen fallen lassen. Früher ließen wir einfach ein Taschentuch fallen, wenn uns ein Mann gefiel."

Die Pflegerin lachte, Siggi grinste unter sich, der Pfarrer fühlte sich geschmeichelt und Klara schüttelte den Kopf und murmelte: „Und das sagt so eine alte Schachtel …"

„Apropos Schachtel", sagte die Pflegerin geschäftig, „ich hab da ja noch etwas für Sie. Warten Sie einen Moment!"

Keiner der Anwesenden wusste, wer gemeint war, und so waren alle Blicke neugierig auf die Schwingtür gerichtet, als die Pflegerin mit einem Schuhkarton unter dem Arm zurückkam. „Das hier gebe ich Ihnen, Herr Kroll. Diese Schachtel stand unten im Kleiderschrank Ihrer Tante Irma. Ich wollte sie ja Ihrer Verwandtschaft schon mitgeben, aber die Damen haben sich nicht dafür interessiert und meinten, ein bisschen was sollten auch Sie von Ihrer Tante erben." Sie stellte den Karton vor Siggi auf den Tisch. „Ich hab mal kurz reingeschaut, also Geld ist keines darin, falls Sie sich jetzt Hoffnungen machen", lachte sie und ging in die Küche nebenan.

Siggis Augen wurden feucht, als er im Beisein aller den Deckel anhob und gleich obenauf die Schneekugel entdeckte, mit der er seiner Tante noch kürzlich eine Freude gemacht hatte.

Im nächsten Moment erschien Julian in der Cafeteria.

„Na, Sucht befriedigt?", wurde er von Klara begrüßt. Der junge Mann sah sie erstaunt an und fuhr sich über den Igelkopf, um sich gleich darauf dem Pappkarton zuzuwenden, aus dem sein Vater ein Teil nach dem anderen hervorkramte: kleine Sträuße aus winzigen Plastikblumen, bunte Ansichtskarten, umhäkelte Taschentücher, ein faustgroßes Plüschtier mit langen Ohren, ungeöffnete Schokolade – seit drei Jahren abgelaufen –, ein hellblaues Perlenbändchen, bei dessen Anblick es Siggi die Tränen in die Augen trieb, weil er an den aufgereihten Buchstaben erkannte: „Das haben sie mir wohl nach der Geburt ums Handgelenk gebunden …"

„Ah ja, die privaten Sachen von Tante Irma", erfasste jetzt auch Julian das Sammelsurium auf dem Tisch. Gleich darauf zog Siggi ein Bündel alter Fotos aus dem Karton, war aber offenbar nicht in der Lage, den Gummiring abzustreifen, so sehr rührte ihn der kleine, bunt gemischte Nachlass seiner Tante. Ganz unten in der Schachtel lag ein plattgedrückter alter Taschenkalender, im Innern ein gefalteter Bogen vergilbten Papiers.

Siggi faltete ihn auseinander, warf einen Blick darauf, überreichte ihn dann seufzend Pfarrer van Kerkhof und schlug sich mit den Händen auf die Knie. „Tja, das wäre es eigentlich gewesen", sagte er mit einem Tonfall, der ihn wohl selbst aufmuntern sollte.

Der Pfarrer las, nickte Siggis Worten nach und gab den Bogen weiter an Klara. Auch die überflog die zwei Zeilen auf einen Blick. „Ihre Tante wusste genau, was sie wollte. Schon damals, am …", sie drückte ihre Brille fester gegen die Nase, „am siebten Juni vor fünfzehn Jahren." Über ihre Gläser hinweg fixierte sie nun Julian und hielt ihm den Papierbogen entgegen.

„Sie vermacht ihr gesamtes Vermögen ihrem Neffen Siegfried Kroll", sagte Julian mit gedämpfter Stimme. „Es stimmt also, Siggi sollte alles bekommen."

Klara schniefte und nahm ihre Handtasche vom Boden auf. Ihre etwas steifen Finger nestelten an den beiden Verschlussknöpfen herum, sodass der Pfarrer eilig in seine Jackentasche griff. „Hier, liebe Klara, nehmen Sie ausnahmsweise einmal mein Taschentuch."

Mit einem Ruck saß Klara wieder aufrecht und fegte die Hand des Pfarrers fort. „Nehmen Sie nur ja Ihre Rotzfahne weg!" Dann fuhr sie sich mit ihrem eigenen Taschentuch hastig über die Augen und schnäuzte sich so geräuschvoll, dass sich Julian trotz der gedrückten Stimmung ein Lachen nicht verkneifen konnte.

Für eine Weile herrschte wieder betretenes Schweigen. Dies jedoch nur in der Ecke der Betroffenen, denn am restlichen Tisch ging es recht ungestüm her.

Eine der Seniorinnen hielt das Tischtuch fest, das eine andere mit ihrem Rollator hinter sich herzog, und Klara konnte noch rechtzeitig ihre und die Tasse des Pfarrers retten, bevor die ersten Gedecke auf dem Boden aufschlugen und zwei Pflegerinnen herbeieilten. Während diese mit lautstarken Kommentaren auf dem Teppich herumkrochen und Kuchenstücke und Scherben einsammelten, flog in ihrem Rücken die Tür zur Cafeteria auf.

„Sind die Biester doch noch gekommen!", zischte Klara van Kerkhof nicht gerade leise ins Ohr. Am anderen Tischende wurde Helga Müller plötzlich ganz klein, sie zog den Kopf zwischen die Schultern und senkte den Blick. Hingegen weiteten sich die Augen von Siggi und Julian, die zwar die Tür nicht sehen konnten, aber offenbar auf der Stelle begriffen, wen Klara gemeint hatte.

Im nächsten Moment standen die zwei gelbhaarigen Frauen auch schon hinter Siggis Stuhl und ein großer Briefumschlag wurde vor ihm auf den Tisch gefeuert, auf dem nur noch die Tassen von Klara und dem Pfarrer standen.

„Da kannst du lesen, was jetzt Sache ist!", tönte eine der Frauen in Siggis Nacken. „Das hier hat unsere Tante Irma nämlich in ihrem Zimmer hinterlassen. Man hat es uns gerade übergeben!"

Das sollte wohl dort gefunden werden, dachte Klara mit klopfendem Herzen. Und wie es aussah, hatte dieser Plan funktioniert. Da würde sie aber mit dem lieben Gott noch ein Hühnchen zu rupfen haben!

Die Stimme hinter Siggi setzte erneut an zu sprechen, übermäßig laut und mit höhnischem Beiklang. „Mit Sicherheit wird Hätschelkind Siegfried ganz schön dumm aus der Wäsche gucken! – Na, mach schon auf, Großcousin, Zeugen haben wir hier ja jetzt wohl genug, wenn du uns schon nicht geglaubt hast!" Die andere lachte laut zu den Worten der Schwester. Sie ließ ihren Blick über die gesamte Tischrunde gleiten, blieb schließlich mit überheblicher Miene an Pfarrer van Kerkhof haften.

Klara beobachtete, wie Siggi mit zitternden Fingern den großen gepolsterten Umschlag nahm und ihn mit zusammengekniffenen Augen drehte, bis das Wort ‚Testament' auf der Vorderseite für sich sprach.

„Na los, Siggi, sei kein Frosch und mach ihn auf! Damit wir alle drei zusammen erfahren, was unsere Tante verfügt hat. Die gute Nachricht für dich: Du kannst dir vermutlich einen Termin sparen, nämlich den beim Notar!"

Siggi sah fragend zu Klara hinüber. Die zuckte die Schultern, dann nickte sie ihm zu: Es würde für den armen Kerl gewiss noch am besten sein, jetzt, in der Gegenwart von wohlwollenden Bekannten, den Tatsachen ins Auge zu blicken.

Klara reichte Siggi ihren Kaffeelöffel, woraufhin er mit dem Stil tapfer das zugeklebte Briefende öffnete. Erneut zitterten seine Finger, als er jetzt den Inhalt hervorzog. Klara und der Pfarrer starrten wie er und sein Sohn Julian auf das Papier, das gleich darauf vor ihnen auf dem Tisch lag. Doch nur eine Person in der Runde stieß einen Laut aus. Und das war Helga Müller.

„Sie hat sie wirklich aufgehoben, die Weihnachtsservietten! Ich musste ihr noch die Kante vom Umschlag wieder aufmachen, die war noch feucht, deshalb ging das ganz gut. Weil der Irma, der hat so gut das Knisterplastik da drinnen gefallen. ‚Hier drin gehen sie nicht kaputt', hat sie gesagt, ‚und nass werden können sie auch nicht, nicht einmal bei einem Wolkenbruch.'"

Niemand am Tisch regte sich. Klara hielt den Atem an – die Geschichte vom Friedhof schob sich nach und nach vor ihr inneres Auge und sie biss sich erheitert und über die Maßen erleichtert auf die Lippen. Ihr Kommentar war hier im Moment nicht angesagt, sie wusste, dass das Wort jemand anderes übernehmen würde. Und sie behielt Recht.

„Was ist das denn?! Was soll denn der Mist?!", stieß eine der Frauen hinter Siggis Stuhl aus, und umgehend wurde der Umschlag vom Tisch gerafft und untersucht. „Wo sind die Papiere, die hier drin waren?!"

„Damit hatte die Irma doch den Klo verstopft", sagte Helga Müller so selbstverständlich, als müsse jeder im Raum sich erinnern können. „Alles, was ihr nicht gefallen hat und was sie nicht gebrauchen konnte, hat sie ja da reingestopft."

Klara senkte den Blick und hüstelte in ihre Hand. Aus den Augenwinkeln nahm sie wahr, dass auch Siggi den Kopf gesenkt hielt und sich seine Mundwinkel in die Breite zogen. Dagegen stand der Mund seines Sohnes weit offen und seine Augen suchten ganz bewusst die Gesichter seiner Großtanten.

„Was guckst du so bescheuert, du kleiner Gauner?! Das ist doch nicht mit rechten Dingen zugegangen. Niemals! Und Sie da drüben können sich noch warm anziehen!"

Helga Müller begriff, dass sie damit gemeint war. Doch viel stärker beeindruckte sie der Anblick der Servietten. „Da, sehen Sie, Frau Schrupp, hab ich's nicht gesagt? Rot und golden, mit Tannenzweigen am Rand …"

Damit sie nun nicht selbst noch ins Visier der aufgebrachten Damen geriet, warf Klara rasch ein: „Ja, Sie haben mir erzählt, dass Frau Zopf die schönen Weihnachtsservietten gut aufbewahren wollte. Und das hat sie ja nun auch getan."

In Gedanken fügte sie hinzu: „Verzeih mir den bösen Gedanken von vorhin, lieber Gott, ich hatte wirklich gedacht, aus der Nummer kommt unser Siggi nicht heil raus. Und du hast uns obendrein auch noch gezeigt, wo die gute Irma Zopf das gültige Testament wirklich aufbewahrt hat. Meine Güte, was war ich wieder einmal so kleingläubig!"

Während sie gerührt registrierte, wie Siggis Hand liebevoll über den Schuhkarton strich, hielt am anderen Tischende jemand eine der Servietten mit den Weihnachtsglocken in den alten Händen, und eine wacklige Stimme begann zu singen: „Süßer die Glocken nie klingen …" Es war Kathrinchen, und ihr Gesang führte dazu, dass einige Personen an Irmas Gedenktafel laut lachten.

Unterdessen warfen zwei andere wütende Blicke auf die Runde, wandten sich dann abrupt um, nur noch bestrebt, die Cafeteria mit energischen Schritten zu verlassen.

Wie kann man nur auf so hohen, dünnen Absätzen so schnell gehen, dachte Klara gerade, als unter ihren Augen der Fuß einer der davoneilenden Frauen einknickte und ein Pfennigabsatz einsam auf dem Teppichboden zurückblieb.

Während die Frau ins Stolpern geriet und hörbar fluchte, wurde ihr von Helga Müller nachgerufen: „Und denken Sie an die Körperverletzung von neulich! Ich hab Sie nämlich wiedererkannt, und Müllers Helga vergisst nichts! Außerdem hab ich eine Zeugin …" Ihr Blick ruhte auf Klara, und die seufzte in sich hinein und unterdrückte ein Schmunzeln, als sie die zwei Frauen in der Schwingtür mit zornesroten Gesichtern abwinken und fliehen sah, eine von ihnen hinkend, in der Hand eine lange schmale Absatzspitze.

Eine Weile noch lauschte Klara andächtig dem Gesang am Kopfende des Tisches, der mittlerweile in die zweite Strophe übergegangen war und den selbst der Pfarrer brummend unterstützte. Als der letzte Ton verklungen war, ergriff van Kerkhof eine der Weihnachtsservietten und bestaunte sie wie ein kleines Wunder.

„Dit kan niet waar zijn! – Maria en Jozef! – Ik word gek!", lachte er und schüttelte immer wieder mit dem Kopf.

„Ja, werden Sie ruhig mal geck!", sagte Klara. „Das tut manchmal ganz gut. Sie sehen ja, wie es der armen Irma Zopf geholfen hat: Dank ihrer Demenz hat sie ein großes Unrecht selbst verhindert!"

„Und der liebe Gott hatte da ganz bestimmt auch seine Finger im Spiel", fügte van Kerkhof voller Dankbarkeit hinzu.

„Wo Sie Recht haben, haben Sie Recht, Herr Pfarrer!", stimmte Klara ihm heftig nickend zu. Dann erhob sie sich und schob ihren Stuhl unter den Tisch: „Herrschaften, ich gehe eine kleine Runde spazieren."

Sie setzte ihr Hütchen auf und marschierte mit großen Schritten und schwingenden Armen aus der Cafeteria hinaus, ohne dass ihr ein Absatz abbrechen konnte – Klara besaß nur wunderbar flache, bequeme Schuhe.

Erst als sie auf der kleinen Anhöhe neben dem Seniorenheim stand, bemerkte sie, dass Siggi ihr gefolgt war.

„Frau Schrupp, das ist ja ein Ding, was? Ich weiß gar nicht, was ich sagen soll. Und ich wollte mich auch gern noch bei Ihnen für alles bedanken …"

„Danken Sie nicht mir, danken Sie Ihrer Tante Irma für ihr Eingreifen im richtigen Moment. Und danken Sie dem da oben." Klaras Finger zeigte hinauf in den klaren blauen Himmel. „Können Sie das alleine? Oder muss ich das auch noch für Sie übernehmen?"

Siggi lachte. „Das kann ich gut alleine."

„Was haben Sie denn jetzt vor?", wollte Klara mit aufrichtigem Interesse wissen.

„Ich denke, ich ziehe meinen Wohnwagen erst mal rauf nach Holland ans Meer. Da gibt es einen Strand mit vielen schönen Erinnerungen an meine Kindheit."

„Na, dann können wir uns ja vielleicht bald dort wiedersehen. Der Herr Pfarrer lässt es sich doch nicht entgehen, den Koningsdag am 27. April in seinem geliebten Holland zu verbringen."

„Dann halten wir das jetzt schon fest: Ich bekoche Sie dann in meinem Wohnwagen. Mögen Sie Muscheln mit Knoblauchsoße?"

„Pfui! Kein Kriech- und Krabbelzeug und auch nichts aus Schalen und Dosen, und Ihren stinkenden Knoblauch können Sie alleine essen. Aber Spinat mit Spiegelei wäre gut, und die Kartoffeln nicht pürieren, wir drücken sie gern im Gemüse klein", sagte Klara und rieb sich allein bei dieser Vorstellung schon freudig den Magen.

Als sie um die Ecke gebogen war, stand Pfarrer van Kerkhof plötzlich neben Siggi.

„Ist sie weg?"

„Sie ist." Der Angesprochene nickte lachend und fasste in seine Hosentasche. „Im Schuppen haben Sie mich versorgt, und jetzt darf ich mich endlich bei Ihnen revanchieren." Er hielt ihm eine Zigarettenpackung hin, aus der van Kerkhof sich behutsam und mit besorgtem Blick nach allen Seiten bediente.

„Herr Pfarrer, ich weiß nicht, wie ich Ihnen danken soll …", sagte Siggi, als er ihm Feuer gegeben hatte.

„Danken Sie nicht mir, danken Sie einem anderen!" Zufrieden schaute van Kerkhof bei diesen Worten zum Himmel. Während er genüsslich den Rauch ausblies, wanderte sein Blick über die Dächer von Limburg.

Der Hahn auf der Domspitze konnte sich heute ausruhen, denn nicht der kleinste Windstoß zwang ihn, sich in der schwindelnden Höhe um sich selbst zu drehen.

Die Autoren

Christiane Fuckert lebt mit ihrer Familie im Westerwald. Die gelernte Bankkauffrau widmet sich heute dem Schreiben von Romanen, Kurzgeschichten, Kinderabenteuern und Liedtexten. Veröffentlichungen erfolgten bisher vorrangig im Verlag Christoph Kloft. Sie ist Mitglied im rheinland-pfälzischen Schriftstellerverband.

Christoph Kloft, geboren 1962 in Limburg, studierte in Mainz, Gießen und Koblenz Germanistik, Allgemeine Sprachwissenschaft, Komparatistik und Katholische Theologie (Abschlüsse: Magister Artium, Staatsexamen Lehramt an Realschulen). Nach Volontariat Redakteur bei einer Tageszeitung. Elternzeit, danach mehrere Jahre im Schuldienst. Seit 1998 freiberufliche Arbeit als Schriftsteller und Journalist. Veröffentlichung von Romanen, Kurzgeschichten und Sachliteratur. Seit 2004 auch Verleger (Verlag Christoph Kloft). Mitglied im rheinland-pfälzischen Schriftstellerverband (VS). Verheiratet seit 1992, vier Kinder.
Internet: www.christoph-kloft.de

WERNER GEISMAR: KÖLNER SAMBA
EIN BRUNO BÖLLMANN-ROMAN

Er hörte das Zischen von Shaka, der Schlange, die sich immer fester um seinen Leib wickelte. Er bekam sie hinter dem Kopf zu fassen und drückte sie von seinem Körper weg. Sie zog ihre Muskeln zusammen und Bruno spannte seine an. Der Schlange war es gelungen, ihren Kopf aus Brunos Griff zu befreien. Er bekam die Schlange, als ihr Kopf vorstieß, wieder zu packen. Er drückte den Kopf der Schlange zurück. Aber Shaka verstärkte den Muskeldruck auf seinen Brustkorb. Er spürte einen Schmerz und erwartete das Knacken, mit dem die Rippen brachen ...

Der Straßenkarneval in Köln zeigt dem Anwalt Bruno Böllmann sein anderes Gesicht: Mord und Totschlag, eine Leiche, die spurlos verschwindet, und den Tod seiner Katze. Als er das Gefühl hat, dass ihn sein Freund und Chef der Mordkommission nicht ganz ernst nimmt, ermittelt er auf eigene Faust und gerät in die dunkle Welt der afrobrasilianischen Kulte, die seine gutbürgerliche Anwaltswelt aus den Fugen geraten lässt. Aus Jägern werden Gejagte ...

Ein Multi-Kulti-Krimi, der seine Spannung aus dem Aufeinandertreffen zweier Welten gewinnt: dem Frohsinn des Kölner Karnevals und den dunklen Geheimnissen des afrobrasilianischen Umbanda-Kultes. Atemlos, pulsierend und voller Sprachwitz.

ISBN 978-3-89796-218-7
232 Seiten, Broschur
Preis: 9,90 Euro

Werner Geismar: Kölner Requiem
Ein Bruno Böllmann-Roman

Die Welt des Kölner Anwalts Bruno Böllmann gerät aus den Fugen, als ihn ein Klient und Besitzer eines Tonstudios aufsucht, weil in der Küche die Leiche seiner Frau lag. Alles deutet auf einen bösen Scherz hin, denn wenig später finden Bruno Böllmann und Pepe Rogalzki, Leiter der Kölner Mordkommission, die vermeintliche Leiche quicklebendig vor. Dies scheint das Signal zu sein für eine Kette ungeklärter Bluttaten, die Köln in Atem hält. Alles deutet auf Egon van Reukelen, einen schrägen Ausdruckssänger und ehemaligen Bestatter, als Serientäter hin. Doch dann mischen sich auch die Stimme eines achtjährigen Jungen, die eines Pastors und seiner Frau in dieses Kölner Requiem ...

Ein abgründiger Psycho-Krimi, der die dunklen Seiten des Kölner Künstlermilieus aufzeigt und in die Seelenabgründe der Tatverdächtigen hinabsteigt.

ISBN 978-3-89796-226-2
240 Seiten, Broschur
Preis: 9,90 Euro

Bruno Laberthier: Abi-Gag
Kriminalroman

Amokalarm vor den Toren Kölns ...

Der letzte Schultag des Abiturjahrgangs am Euler-Mertenstein-Gymnasium läuft aus dem Ruder, als einer der Abiturienten mit gezückten Pump Guns die Turnhalle betritt. Zurück bleiben verletzte Mitschüler, schockierte Lehrer und mit Klaus Vogel ein Sozialpädagoge, der eigentlich hätte mitbekommen müssen, wie die Aktion in Chats und Foren vorbereitet wurde.

Der eingefleischte FC-Fan Klaus Vogel und seine Chefin Dolores Montizquierdo-Gíl machen sich an die Arbeit. Sie kratzen an der Fassade der Schule und stoßen auf einen Sumpf aus Abhängigkeits- und pikanten anderen Verhältnissen. Was läuft zwischen der stellvertretenden Schulleiterin und dem Amokschützen? Welche Rolle spielt einer der Lehrer, Lothar Goar? Und wie hängt das alles zusammen mit einem ungelösten Altfall? Schon einmal nämlich endete am selben Gymnasium ein Lehrer-Schülerinnen-Verhältnis in einem Ausbruch von Gewalt.

ABI-GAG ist ein spannender Trip durch das stromlinienförmige Gymnasium von heute. Leistungspauken und Elitedenken schließen das Verbrechen nicht aus. Ganz im Gegenteil ...

ISBN 978-3-89796-241-5
272 Seiten, Broschur
Preis: 9,90 Euro

abgrundtief !

**Gerhard Starke /
Marie Luise Blanke**
Sie hat einfach nicht aufgehört
Authentische Fälle eines Mordermittlers. 220 Seiten.
ISBN 978-3-89796-260-6
11,90 Euro

In Westerburg wird eine hilfsbereite Witwe mit einem Hammer erschlagen, eine junge Frau in Elkenroth regelrecht abgeschlachtet, in Dierdorf steckt eine Grillgabel in der Stirn der Toten. – Brutale Kapitalverbrechen, die sich im Westerwald, am Mittelrhein und in der Eifel zugetragen haben.
Gesammelt von Kriminalhauptkommissar Gerhard Starke während seiner 33-jährigen Arbeit als Mitglied der Mordkommission Koblenz. Zu spannenden und authentischen Geschichten verarbeitet von Marie Luise Blanke – und immer auch mit dem Blick auf so manches Skurrile an einer Situation, das trotz allen Grauens gelegentlich durchscheint.
Zwanzig Fälle, die auf wahren Begebenheiten basieren, menschliche Abgründe offenbaren und mitreißende Einblicke in den aufwühlenden Arbeitsalltag eines Ermittlers gewähren. Bluttaten, die scheinbar alltäglich daherkommen, die überall und jederzeit geschehen könnten ...